残旗在望

"风八百里 井冈四十年"全国新诗大奖赛优秀作品集

刘立云◎主编

中国市场出版社
China Market Press
·北京·

图书在版编目（CIP）数据

旌旗在望："春风八百里 井冈四十年"全国新诗大奖赛优秀作品集 / 刘立云主编. -- 北京：中国市场出版社，2019.3
ISBN 978-7-5092-1810-5

Ⅰ. ①旌… Ⅱ. ①刘… Ⅲ. ①诗集 – 中国 – 当代 Ⅳ. ①I227

中国版本图书馆 CIP 数据核字（2019）第 034596 号

旌旗在望——"春风八百里 井冈四十年"全国新诗大奖赛优秀作品集
JINGQI ZAIWANG——"CHUNFENG BABAI LI JINGGANG SISHI NIAN" QUANGUO XINSHI DAJIANGSAI YOUXIU ZUOPINJI

主　　编：	刘立云
责任编辑：	张再青（632096378@qq.com）
出版发行：	中国市场出版社
社　　址：	北京市西城区月坛北小街 2 号院 3 号楼（100837）
电　　话：	（010）68024335/68034118/68021338/68022950
经　　销：	新华书店
印　　刷：	成都勤德印务有限公司
规　　格：	185mm×260mm　16 开本
印　　张：	20　　　　　　　　字　　数：180 千字
版　　次：	2019 年 3 月第 1 版　印　次：2019 年 3 月第 1 次印刷
书　　号：	ISBN 978-7-5092-1810-5
定　　价：	45.00 元

版权所有　侵权必究　　　印装差错　负责调换

目录 CONTENTS

阿 桂	重上井冈山	001
	杜　鹃	002
	井冈山之夜	002
艾 叶	在我的祖国	004
	读懂一座山	006
白瀚水	劲草帖	009
	杜鹃花开，人间潮生	010
白蓝地	在罗霄之腹我看见井冈翠竹在成长	011
	春天七喜	012
辰 水	问候井冈山	014
程东斌	一壶山水	018
春暖水	在茨坪，当一天红军	020
	相隔一个年代的兄弟	020
陈 玉	红　墙	022
	常青树	023
陈明秋	谒小井红军烈士碑	025
陈雯倩	新陌上桑	027
曹文军	2016年2月2日	028
粗 干	甘祖昌	030
丁 艳	井冈山烈士墓	032

朵　拉	春风探看十里杜鹃	034
	彩色之旅	035
范剑鸣	水调歌头·井冈山	036
	在一条小道上怀念扁担	037
	和江子谈论一座山	038
冯金彦	和信仰有关的一种坚守	041
高发展	写给幸存者曾志	045
高　晶	他上山，他所认识的路	047
	井冈悲歌	048
	井冈翠竹	049
关沧海	骨碌骨碌	051
葛小明	扶贫干部	052
龚星明	在春光里，听一曲澎湃的交响曲	056
郭志文	神山村的糍粑	059
何桂英	旗帜展开的黎明	061
	一座山振动春风的翅膀	062
何曼丽	高高的山冈上	063
侯志锋	朱德的扁担	065
胡刚毅	明媚春光的人	067
胡　兰	一个村庄的前世今生	068
胡明桥	在象山古庵	070
胡水根	纪念碑	071
胡晓山	战士之死	072
胡云昌	西江月·井冈山	074
	水调歌头·重上井冈山	075
	念奴娇·井冈山	076

华　岭	山　洞	078
	红军坟	079
黄宜辉	母亲的马灯	081
姜　华	西江月	084
	黄洋界上	085
	仰望一座山	086
康湘民	山水再次吹响集结号	087
蓝希琳	井冈山的杜鹃花	089
黎　光	有信仰的地方	090
	青山作证	091
黎业东	井冈山四重奏（节选）	093
李冬平	烈士李冬狗	096
李　皓	读书石	098
李鸿根	三张发票	099
李　晃	会师广场	101
李继勇	高　地	103
	红军女战士	104
李晓斌	我固执地爱着	105
李玉洋	井冈山的绿色与红色都永恒	107
梁　梓	八角楼帖	114
林　莉	春到井冈山（节选）	116
林　珊	忆往昔峥嵘岁月	118
林国鹏	一个葱郁的名词	120
	杜鹃花笺	121
林隐君	茨坪来信	123
	井冈山之思	124
	八百里春风，席卷东方	125

林杰荣	瞻仰革命博物馆	127
凌 翼	八角楼围炉恳谈	128
	红色基因中的绿色	129
龙 凌	五指峰	130
	红米饭	130
刘光明	再读《井冈翠竹》	132
刘紫剑	井冈巾帼风	133
卢 炜	在下七乡逛街	136
陆 承	请井冈山告诉春天	137
罗咏琳	挑粮小道	139
马 飚	太阳上的井冈山	140
马冬生	桐油灯	141
	大 刀	142
马 晴	井冈山拍照须知	143
梅苔儿	摇篮记	145
	起义给世界看	146
梅一梵	日出正好爬上顶峰	147
	旗 帜	148
聂学锋	槲 树	150
彭 力	母 亲	151
彭文斌	大仓最闪亮的一页	153
彭正毅	新时代的杜鹃花	155
漆宇勤	从井冈山到延安	158
	靠山而居	159
樵 夫	死难烈士万岁	161

如月之月	黄洋界峭壁回音书	163
	山水静美如一座神殿	164
沈志平	致敬井冈山	165
盛 婕	行走井冈山	170
	穿军装的人	171
石立新	井冈山红杜鹃	173
	在黄洋界聆听炮声	174
	颂词：井冈山精神	175
孙大顺	杜鹃山记	176
	每页春风都不如你	177
孙小娟	黎 明	179
	七点三十分	180
	黄 昏	181
万洪新	井冈山上映山红	182
万建平	浩浩凌云志	183
万 千	为毛竹的风景	186
万世长	比灯更亮的灯	188
汪 峰	红土地	189
	大 刀	190
汪吉萍	春风可渡	192
	爱穿过人们的身体	193
	星光引路	194
汪雪英	红卡户	195
	宁竹英家的春天	196
王 超	八百里春风，井冈山上吹开梦之花（组诗）	198

王泳冰	井冈山的杜鹃开了	203
王科福	神山村的大拇指	205
	雷打石	206
王 琪	在黄洋界纪念碑前	208
	四十载：风中谣曲	209
王兴伟	井冈山上万物生	211
渭 波	岁月苍茫	213
	那个伸手叫冷的冬天	214
魏洪红子	八角楼的灯光典藏一句秘笈	215
吴楚舒	继往开来，井冈新颜	217
吴树弦	井冈山的雨	219
西 阔	井冈山简史	220
西 月	红军阿哥你慢慢走	222
夏 维	语言中有硬度的我和中国	224
	文竹经	225
湘小妃	杜鹃·星火	226
	圣地·红米饭	227
啸 鹏	炎帝来过这里	228
	从茨坪到神山	229
熊雪峰	瞻仰一罐盐	230
	做一根灯芯吧	231
徐国亮	老红军	233
徐 勇	神山村	234
	夜宿新篁	235
许 军	科普：井冈翠竹	236
	毛泽东与山	237

许丽雯	小红军	238
许 敏	空谷幽兰	239
许天侠	井冈山的两种质地	241
许 星	与一朵杜鹃花约会	243
	写给井冈山的诗	245
杨 骥	重上井冈山	246
杨 康	吃一碗井冈山红薯丝饭	248
	在黄洋界,手扶迫击炮	249
杨思山	白　屋	250
叶 权	仰望井冈山	251
叶 梓	井冈山的早晨	254
	杜鹃花开	255
叶小青	井冈山,神山	256
殷常青	井冈山记	259
	杜鹃山记	260
尹小平	红花山	261
	龙　江	262
余小木	井冈山流行色	264
	去江西坳看杜鹃花	265
雨 城	与一垄枳壳苗相遇	266
远 人	战　斗	267
	阴　霾	268
张 琳	带着八百里春风重访井冈山	269
张 靖	神山村民谣	273
张 岚	在你开辟的幸福路上	276
张 萌	杜鹃花,杜鹃鸟	278

曾若水	调色板：井冈山梯田	280
曾小平	八角帽	282
翟营文	杜鹃花是有使命的	283
	云朵在号声里飞翔	284
钟　宇	黄洋界	285
周　玲	爱廉说	286
	种春风	287
朱仁凤	井冈山写意：红与绿	288
祝宝玉	行走井冈山	290
紫藤晴儿	井冈山上，杜鹃花开	292
	大小五井	293
邹冬萍	隔着一朵花开的距离来爱你（节选）	294

阿　桂

重上井冈山

不独我来。还有清风，还有润雨
穿过古朴的青石板路和巍峨的群山
如远道而回的游子，轻轻摩挲
洁白的墙壁，雕花的门窗
仿若搂着久违的亲人，仔细端详，嘘寒问暖

顺着一曲《请茶歌》，东山脚下
领袖的音容，伟人的风采，犹在眼前
黄洋界的红旗，历经近百年的洗礼，更加鲜艳与灿烂
八角楼的灯光，璀璨耀眼，永远引领
中华民族劈波斩浪，勇往直前

走在熟悉的土地上，许多回忆不再在梦里
而就在身旁：老槲树、八面山哨口、雷打石
造币厂、百竹园、龙潭、红军医院、五指峰、井冈湖
笔架山、练兵场、龙江书院、鹅岭、观音峡、白水寨
置身松涛竹海、湖光山色，不禁热血奔涌、心潮澎湃

今天，我又一次走进红色摇篮，惊叹
日新月异的井冈山，不断翻涌着新时代的良辰美景
会师广场、茨坪天街迎来送往络绎不绝的朝觐人群
几位矍铄的老人家，坐在门前的竹椅上，面容安详
一会儿说着家长里短，一会儿望着孩童在春风中嬉戏奔跑

杜　鹃

春风阵阵吹来
葱郁的山中，妖娆地开着
数不清的杜鹃。其中一朵
多像我从小失散的妹妹
提着粉红的灯笼
走在回家的路上
看她羞涩的样子
肯定已认出
眼前的我

井冈山之夜

把脚步放轻，再放轻
唯恐划破
自然之神赐予的静谧
大地安睡；而我的内心
有如风过竹林
泛起阵阵涟漪

继而在神秘的夜色中弥漫

遍地的杜鹃
是无畏的勇士头戴钢盔
守卫神圣的家园
黄洋界的炮声
历经新时代的洗礼
化作五井悦耳的清泉
潺潺的龙庆河
无言地见证：巍巍井冈
富强伟大，至尊荣耀

此刻，我依偎五指峰的石壁仰望
仰望英雄如山的胸襟似水的柔情
仰望八角楼的一束灯光
点亮中华崛起的燎原之火
祈望肤浅的思想，沐浴革命的风云
早日达到：井冈山的高度

今夜，我甘愿成为你飞瀑中的
一滴水，载着欢乐和歌声
光荣和梦想，顺着八百里春风
在红色摇篮，赣鄱大地
奔跑

艾 叶

在我的祖国

那时，我在路上蹒跚
穿过羊肠小道和乡间小河
在我的祖国，那是我曾经到过的地方
也是故乡最美最亲切的地方
因为有她，我的父母兄弟姐妹
与亲人相依相偎，爱上了居住的村庄
爱上了北方的积雪，爱上了
麦收之后的草垛

大江东去，落日西沉
四十年后门前的大雪依旧飘落
一个敬畏石头的人
在雪地里翻滚，匍匐前进
他背对着半掩的柴门
叫不醒沉沉睡去的亲人
叫不醒沉默的石头，叫不醒
黑夜，雪打灯的照壁

一树梨花开了，春天的祖国
从一座山开始雨雪霏霏
杨柳依依，在青草和繁花中行进
我已错过了花开的云雪
错过了摇曳的风情

错过了朝圣的寺庙和虔诚
这次我无论如何也不会错过了
我要亲吻故乡的每一株植物
穿着布衣,沉实地走进玉米地里
为拔节的雨水哺乳一生的矜持
每一株泪血的植物都是我的亲人
都是我肌肤上的一寸土地

在我的祖国,风吹芦花
黄金的银杏是大地最坚硬的骨骼
还有沙漠中千年不死的胡杨
死后千年不倒,倒后千年不腐
她是我的祖国最不屈的品格
我是如此热爱着具象的事物
星空的高原和低矮的尘世
都是我们居住的地方
每一株向日葵都向着阳光微笑
每一朵久违的月光
都会叩响故乡的门楣
每一颗牵手的星辰
都是我们坚守的诺言

秋风读遍人间的悲怆
在我的祖国,总有我无法到达的地方
如同十月,一场突如其来的大雨
是父亲一生的伏笔
如同十年前,走出雪落的陋室
而现在的我,正期待另一场大雪的降临

读懂一座山

一

我生活在花海和湖泊之地
周围布满香气和鸟语
累了的时候，听流水穿过经年的木鱼
一声声敲击着清风
直达内心的空旷
轻若尘土

我必须唤醒失忆的人
他们在夜里失眠，清晨醒得太早
他们破釜沉舟，活着
像个拧紧发条的闹钟

二

这个时候，我不会表达抒情
在井冈山，我健步如飞
沿途扔下命运的碎片
和潦草的思绪
因为这里的一切
风、阳光、花朵、钢铁
都是诗歌的象征和隐喻

我不知道谁来过这里
谁在这里抬头仰望
谁在这里伸展腰肢
谁在这里低头沉思

三

我一直喜欢石头和流水
据说石头会开花
更像一扇预言的门
打开未知的渴望之光

流水具有灵性和觉悟
它们像是来自天边的孤独
秋风蜷缩于命运的角落
不悲不喜，在风吹草动的俗世里
安然若揭，一次次掀起风暴

四

井冈山，请给我一席之地
允许我躺下来，有时间梦想
有时间细数花开花落的声音
你看，我席地而坐的地方
正一点点升起一片月光
它们在花开的天堂里
轻拂长袖和细小的欢乐

现在，我回望红色之都
它铁质的声音迸发着激越和想象
让我看到石头上意味深长的积雪
活得干净而通透，像燃烧的火

五

秋风萧瑟,落叶纷纷
井冈山,你树上的枝条
一枝比一枝细
像白纸上轻描淡写的墨迹
每吸入一滴水
便会有文字洇开
像是肉身沉重的人
卸下多余的脂肪

从此我认识了这个朋友
他怀揣抱负,悲天悯人
单纯、谦逊、清白、卑微
像人间四月的草木
但并不缺少良心
勤恳、素洁、绿遍天涯

白瀚水

劲草帖

从照耀八角楼的阳光开始
生命中应该反思的事物向外延伸出
历史的征途。镰刀和铁锤已经
成为时代的最强音
我在竹叶上书写逝去的沧桑和未来
星火燎原,月落参横。祖父战斗过的地方
诸事晴朗如流

月光照亮山中野草、竹林。我未饮酒
却有醉意。门前的灯笼
像点亮星辰一样点亮灵魂
春来开花声如同思想里的白鸟在风中低唱
陈述世界的变化。有形的善念,花潮,流萤
翻开井冈山的回忆
一颗子弹穿透祖父的身体。首先是铁,然后是血

然后是无名的兄弟。他们面朝远方
黄洋界,八面山,五龙潭
双马石依旧割开光阴
山歌起伏,泥土表达不可细说的悲壮
桐木岭的新绿覆盖旧绿。新的生命覆盖落叶
林中的腔调压在从来不肯屈服的草叶上
暗藏尘世之轻

杜鹃花开，人间潮生

子时星光与我相见
说起铁锤、红旗、木桥和碑林
隔着玻璃器皿，旧情怀未曾出声
河水湍急如马蹄。更多的名词隔着炮火
拉开两万五千里长征的序幕
那些已经消失在岁月里的文字经过我
向我倾诉十里杜鹃的泪光
我从肋骨抽出春日流水。爱我的姑娘
寄托鸿雁——峥嵘的年代没有蝴蝶
只有真诚的字句表达革命之心
血染的笔架山通过尘土传递给我英灵雄魂
从井冈山到陕北
从龙江书院到枣园灯光

白蓝地

在罗霄之腹我看见井冈翠竹在成长

雪的白衣抛起,我独自坐着
在罗霄之腹,我看见井冈翠竹在成长
山河折叠,水认识木头的颜色
扁担是生长在竹的内心的名
挑起连绵的真实的生命的未来主题
竹的身躯刚直而健壮,砸中凌云的云
水声从风声,又从无声。歌声碎骨粉身无数次
有人有意模仿雪在川谷迎风的轻快节奏
飞跑,飞跑。万重山在马匹驰骋的疆场里
竹吐着深绿的欢乐
在林中、田野和原上,在寻常人家门前
竹吐着特殊的香味
在还有别的人坐着的别的地方
鸟的形状在飞奔
竹笔直地站着,朝露从他们的指尖坠滴
山的原形坐着轻舟,舷上开着自由花
猿声啼过,菊花住在东篱之下

春天七喜

春天的第一喜，门前淡装添了新意
涓涓的清泉，记下了翠竹的情诗
一个温柔，一个宁静
掠过原野的风，轻扬浅黛，偎依在大地的怀里

春天的第二喜，阳光和煦
它们在安谧中咀嚼初春的嫩绿
蓝天下一头易动感情的牛向我走来
地平线上，一个年轻的姑娘，以心相许

春天的第三喜，天鹅由不育的冬天重返
它一路低歌，不由追忆起无垠的苍天
复述美丽、纯洁、活泼，展翅高飞
拨开云，面前是多么辽阔的平原

春天的第四喜，原野上已经一片葱茏芬芳
近的像玫瑰，远的是梦想
我看见市民与村夫多少回喜悦
我看见每一种花都开在脚旁

春天的第五喜，月亮是只永生的鸟
我扬帆直追，海鸥欢快，大海涌来羞羞的波涛
枝条上的余光，向故乡、向花园暂时告别
你朝北飞去，我向南飞来，都一般没有烦恼

春天的第六喜，蜜蜂的翅膀织满了霞光的虹影
翠竹、牡丹、芍药、茉莉、百合，和蜜蜂相敬如宾
香风送来温暖，人面桃花两相依
黄河转转九曲，长江就从一处风景来到另一处风景

春天的第七喜，红酒在漫游着平安、吉利
左边一座美丽的小山，右边一个传奇
奔腾的激流多么欢畅，洁白稻花三月上正香
我的心在跳，幸福就倾泻在诗句温和的秋波里

辰 水

问候井冈山

一

八百里，茫茫翠竹
我穿过这片竹海，压抑着满腔的凝重……
走过，走过——

一片风向另一片风致敬
这唯一的风，井冈山的风
吹过茅坪，再吹过茨坪……
吹动红旗招展
再吹得春潮涌动……

隔夜，我要再向这片山致以问候
在远方，比远方更远的地方，我默默地
把一枚新鲜的竹叶
靠近心脏的位置

这竹叶，这纯洁、贞烈的竹叶，每一枚
都代表着一位战士不屈的意志

二

听从命运的呼唤，再一次来到井冈山

与那些故去的先烈
隔着发烫的土地，互相
触摸灵魂

我踩到了脚下的泥土，也仿佛看到
一双双藏在里面的眼睛
纯净的眼眸里，世界如此清澈
祖国正在年轻……

这是我的青山，埋葬下的忠骨
都不是我的亲人
却胜似我的亲人

我仿佛听到一种声音，在空荡的山谷里回响
恋人——爱人——亲人——

三

在梦中，一枚子弹的爱恨情仇
会比未成熟的甘蔗更加苦涩
呼啸穿过之后，那汩汩的鲜血，流淌……
一条河流被染红
一片山坡被染红
……

长眠于此，一个世纪的长梦
如此决绝
两个未亡人，手拉手
拾阶而上。一百级台阶，增加的高度
是一个巨人的高度
也是人民的高度

青山常在，热血未干

一声声长笛的声音之后，众鸟也有着它们自己的天堂
梦里的天堂，原来是这般模样

四

七月流火，九月授衣
粗布、麻袜、草鞋、棉衣……
南瓜、红薯、竹筒饭……
这些用苦难换来的刚强，此刻宁静
静默无声——

一个世纪还未走远，背影已模糊
我的心底处忽然有一种苍凉，感慨时光能带走一切
仇恨的种子，爱情的波折
这属于人性的，终究要还给人类
哪怕炮火，哪怕子弹
多么令人窒息和恐怖

当发烫的枪管，冷却……
最终交换给人民
井冈山上的纪念，只是竹林的阵阵涛声

五

把自己藏进井冈山
埋进青山、竹林之中。黄洋界，作为符号
向历史阐释——
那遥远的炮声、厮杀声……

仿佛就在昨天，就在耳边
那属于土地的，此刻永远沉默
那属于未来的，鲜花正在绽放之中……

我抚摸一段残损的石墙,弹痕依稀可见
而藏在一个人骨头上的弹片
居然至死也不肯出来

一个老红军,他在诉说着自己的伤痛
当年的报纸,已经泛黄。这是一篇采访稿
同样的伤痛,井冈山也会有

六

历史的蝴蝶,再一次从硝烟飞进安宁
守望和平
井冈山,拯救之山
解开苦难的绳索,子弹也穿越黎明——

天下大同,安居乐业
古人的梦,今天的梦,每个华夏子孙的梦
我用自己的胸口,捂住
这冷却的弹药
请警惕它的重生

如今,作为纪念的——不仅仅只是战争
还有这座山,这片竹林,这静谧的万物
这复杂的人性……

程东斌

一壶山水

在井冈山，我痴迷于碧绿的大树结满硕果
绿荫包裹的火焰，像一只只秤砣
在生态的光芒中，称量一方山水的重量以及井冈山
捧出的深情厚谊。红色最红，绿色最绿
极致的色彩无法掺入一丝杂质。不要尖叫和赞叹
只要你的一次次深深的呼吸

绿树环抱，溪水潺潺，原始森林的肺叶涌出的负氧离子
将隔世的清凉和甜，充盈于空气中
鸟鸣犹如一杯绿色茶汤中漂浮的嫩叶和花香
轻轻搅动井冈山的一壶山水

红色的土地滋生磅礴的绿，像一架厚重的古琴
蓄满灵性的音符，悦耳、和谐。一片片绿、一簇簇绿
大地擎起的簧片，在清风的引领和拨动下
奏响新时代绿色的乐章，契合一路高歌的井冈山人
崛起的希望，呈现红色土地最纯正的基因

谁的神笔依然放置在笔架山，蓄满绿墨的笔尖
指点绿色的江山，一纸神谕的诗行中
滋生金子、银子。谁将磅礴的绿，葳蕤于毛泽东旧居
让绿色的馨香来缓解伟人的心力交瘁
让那簇不眠的灯光，罩上沁人心脾的绿色光晕

青山葱郁，绿水澄澈。我在井冈山的一壶山水中
流连忘返。静坐中，一只蝴蝶飞来
翅翼震动着我手中的这壶绿茶，微微荡漾中
手捧的山水，在绿色中依偎在一起，犹如颗颗翡翠

春暖水

在茨坪，当一天红军

在茨坪，到处可见小股小股的红军
从空调大巴下来
紧跟着一面面飘扬的红旗
去各个景点
参观，访问，练习打游击
我们这支部队追随讲解员扮演的毛委员
来到了荆竹山
团长把红旗插到雷打石上，宣布三条纪律
天空突然响起了飞机的轰鸣声
我们没有立即卧倒，隐蔽
那是一架输送自己人的波音七四七

相隔一个年代的兄弟

十一岁时他手持红缨枪参加革命
我小学毕业

十七岁时他火线入党,进了尖刀班
我考进了大学

二十一岁时他屡建战功当了团长
我分配工作,谈女朋友,按揭买房

他英勇就义时
我举行了体面的婚礼

他替我在那个年代,谱写了一曲壮歌
我替他在这个年代,幸福地活下去

陈 玉

红　墙

三月，春风长得很高
百花玲珑有致
只有你，紧闭干裂的口
让暗夜无法呻吟
洁白的身躯里
无数红军的魂魄，安息

那年月，白军将大井悬在刀尖
用力，砸向死亡的深渊
你夺过天空的闪电
逐日千里，将火种播撒人间
无数子弹擦破你的头皮
大火烧化你的髋骨
你摇晃着，又屹立如磐石
抗争的旗帜高高扬起，你与红军并肩
从血泊中，扶起受迫害的手

忍受过多少硝烟
就怀有多少慈祥
常在炊烟升起的日子
你掩面哭泣
身上的弹孔
冒出汩汩的泪滴

如今，朝发春阳
日月更迭，你佝偻着
嵌进新生的墙体
像当年佝偻在战壕里
随时准备跳出来
发起新一轮冲击

常青树

肩膀高了起来
天空就低了下去
方寸间，诗人青梅煮酒
厨娘洗手做羹
只有红军，步步为营
担负国家的生与死

在红区，在井冈山
播下粒粒黄豆，结出
誓死抗争的信念
一瓢水，接着一瓢水
一粒星，接着半米光
屋旁的柞树和海罗杉
在隐匿的夜里，白花怒放

一开始，听到哭嚎
听到战士的枪响

后来，风里有炉火的声音
地里有秋收的丰腴
世界，有中国的声音

陈明秋

谒小井红军烈士碑

130多名身负重伤的士兵
被锋利的刺刀驱赶到
这片寒冷的水田
《国际歌》在幽谷回响
他们挺立的背影
接纳倒下的身躯
丑恶的奸佞数着头颅
邀功的大洋闪着寒光

水田不会忘却
杜鹃哭红容颜

90年呀，不眠的骨骼
已长成参天大树
他们整齐列队，步履铿锵
那伸展的手臂
仍在等待召唤
那挺直的脊梁
依旧紧贴大地

90年呀，不屈的魂灵
他们集结在碑座下

用无声的诉说
诠释罗霄山脉的岁月
用无悔的鲜血
洗礼大地蓝天

碑前，静寂的五月
手持黄花的人
一拨拨来一拨拨往，只听见
深深叩击心灵的脚步声

陈雯倩

新陌上桑

花轿吱呀入茨坪,
山高林密,
沟壑纵横。
一日新衣黄花妆,
暮落晨起,
砰砰不间捣衣声。

十里红霞揣寒衣,
不奢不侈,
无骄无躁。
喜获麟儿丰年至,
农转股来,
谈笑之间喜脱贫。

灯红酒绿迎客宾,
八街九陌,
软香红土。
欣叹盛年八方迎,
物阜民安,
耄耋之年饴弄孙。

曹文军

2016年2月2日

1996年9月1日
绿皮火车开进这片失血的土地
从此，南下北上二十年
铆足马力，汗流浃背
也没有赶上他乡的 GDP

2016年2月2日
春风揉碎沉滞的历史
雪粒不请自来，弯腰的野草
再次挺立。阳光君临万物
缕缕炊烟
唤来无数喜鹊

春风度过黄洋界
大地回暖。高高矮矮的人们
踮起脚尖在看
看乱坟岗上的梧桐
梧桐树上的凤凰
看门前的柳树，怎样拂拭
人世的尘埃

转眼，那天就被时间载进历史
五百里井冈，春潮荡漾

粮食与酒，信息与钱
绿浪般汹涌起伏

那辆驶出井冈的火车
一路唱着《映山红》，身轻如燕

粗干

甘祖昌

井冈山莲花，一个在贫瘠山村的贫苦人家
出生的性格倔强的贫苦娃娃
下地种田饱尝农民的艰辛
给地主家做工受尽欺压
当革命的火种传到家乡
加入农会积极支援红军打天下
让革命的火炬照亮千万家
爬雪山过草地把生命交给风雪，交给饥饿
交给九死一生的机遇和奇迹
保卫延安开发南泥湾
一个粗手大脚的大男人，竟学会了扭秧歌
学会了织布、纺纱、剪窗花
祖国解放，转战新疆
你却戴着一颗金星，头也不回地踏上
回家的路。你知道，这往回走的二万五千里
是要找回一颗初心，找回一支队伍
当年对老区人民
欠下的情，许过的愿，说过的心里话

后来，全国人民都知道——
一个将军回乡当农民，不分早晚
一顶草帽一把锄头
两脚泥水半身盐花

开垦荒地变良田，治理煤矿搞开发
当失学的孩子从宽敞的教室里
传出朗朗的读书声
当世世代代点松明火照明的山村
亮起耀眼的电灯，如天上的星星
落万家；当山冲里的梯田年年丰收
山坡下的荒野开满油菜花
山坳上的秃岭开满油茶花
谁不心痛的你背
渐渐地弯了，你满头的青丝已成白发

甘祖昌啊！当人们念叨一个将军的名字
一个老共产党员的名字
尽管你已经离世三十年，都禁不住
心潮澎湃，泪水潸然而下……

丁 艳

井冈山烈士墓

点数幸福之前
先数数苦难、泪水
说到胜利之前
先说说鲜血、牺牲
一条路从 1927 年开始
一些人倒下去
一些人继续向前

今天，在这里
就数数前行的人
微笑里的泪水
再数数倒下去的人
泪水里的笑意

这里
天蓝，云白
一峰峰葱茏
一峰峰翠绿

泪水是咸的
鲜血是红的
心脏是热的
碑刻上的文字

矗立起来
便是井冈山的"井"
或是润泽天下的泉

朵　拉

春风探看十里杜鹃

春风百里。春风只为心中的英雄而来
如十里杜鹃长廊，每一朵杜鹃
都在赞颂心中的英雄，一朵朵，一簇簇
一片片，整座山，山连着山，红色在春风里摇曳——
像飘扬的旗帜，深深地
扎根在井冈山上

——红色，是鲜血，是信仰
是逼入绝境，在烈火中的永生
是勇往直前的道路，是怒吼的雷，激愤的闪电
是一种悲伤
是要一个天下
安抚民心，是生存的高度
是美好的向往

映染云天的红
成为世代相传的红
二十六种杜鹃在四月汇聚井冈山
像不像一次革命大会师
重现当年的红军，尽显风流

彩色之旅

"雄、险、秀、幽、奇——
峰峦、山石、瀑布、溶洞、温泉、珍稀动植物
与高山田园风光,风景绮丽,空气清新……"
向导娓娓而谈。缆车
自下而上,心中只想着
"井冈山下后,万岭不思游"

——不,是我置身于
常绿的阔叶林中,一时间竟忘了革命的坎坷
与历史的沧桑

尝一尝
井冈山的红米饭南瓜汤
这是革命的口粮,再尝一尝井冈山上的
竹笋菌菇
回味一下原汁
原味的生活

从红色
到绿色,这段彩色之旅
终点叫幸福

范剑鸣

水调歌头·井冈山

三十八年。一座山依然在它的纬度里
清点葱茏的草木，云烟，和海拔

弹指一挥间。仿佛一只滚烫的弹壳
清除了硝烟、火光、血迹，成为时针

它适宜于磨砺意志，树起旗帜
更适宜于怀念青春往事，峥嵘岁月

从旧到新，其实只是莺歌燕舞更加动听
潺潺流水随着胜利者的脚步飘到云端

当一座山成为起点，会有更多的江山
涌向脚下，就像牺牲者的身影沉淀心底

三十八年，对于一座山的成长是缓慢的
对于一个国家的成长，又是如此迅疾

我怀疑是时间的速度，塑造了一个人的
山河判断：可上九天揽月，可下五洋捉鳖

信心总是可贵的。浪漫主义的修辞
来源于一座山真切的谈笑和凯歌行进

对于理想，多少人已经开始登攀
但对于困难的估计，往往高于大山

只有走过了苍茫大地的人，才能有
这种个性化的判断，和乐观主义的曲调

又是三十八年过去。新鲜的尺度
恍如时间的宪法，一遍遍被诗歌确认

我在一个暮晚走进苍山，与朋友拥抱
内心的沧海桑田，终于被一阙词唤醒

在一条小道上怀念扁担

群山之中，这条山路并无别样
草莽之色，掩饰着石砾、风雨和沟坎

相对于城市的街衢，军阀的俸禄
它是饥饿的，像战火中的炊烟

需要一副宽厚的身板，让目光拐弯
引向苍山，越来越难行走的道路

从山下的稻田，到山顶的营寨
它像一根衷肠，咀嚼着草鞋和汗水

但它是向上的。攀登显示了力量
溪水像曙光一样鼓舞人心，洗刷疲惫

必定有一些暮色，星星从天空降落
把山道上奔走的人，称做兄弟

必定有一些清晨，杜鹃关闭嗓门
聆听挑粮者杂沓而富有节奏的步子

多年之后，我和另一群人来到山中
在这条小道上，努力寻找着什么

人们带着相机，虔诚的心跳和喘息
仿制的服装，并没有惊动鸟雀和云朵

挑粮的人早已经远去。早餐和里程
在教练的口号中变成另一种风尘

草莽之中，小道沉默如旧，蜿蜒如旧
扶起一座苍山，在岁月中暗示因果

树木如此峥嵘。仿佛它们的体内
都藏着一根扁担，藏着战争和农耕

和江子谈论一座山

他要把一座山搬到纸上。词语的箕畚

思想的铲子。需要多么耐心地挖掘

他有充足的动力。那是他家门口的山
这位吉安人士，有一段注定的乡愁

他把历史留下的信息，研碎了，再研碎
就像一位老农，在泥土中寻觅和重塑

那些土路，那些河流，那些村舍
那些消逝的面孔——多么新鲜的人群

一种血性支撑的建构！在远方的小城
作为第一读者，我不断看见他坚毅的步伐

我们谈论着那座山，出于对命运的探测
人类在特殊时刻的选择和冲动，一种坐标

岁月已远，正好把所有人当作亲朋
苍山如此之近，正好视为自己的家园

一封情书、一段歌谣、一包盐、一剂药
平凡的事物显露一座苍山的本色

一段爱情。一种信念。一份母爱
一支暴怒的枪——就是一座山的表情

带着使命感的挖掘。园丁的手艺
被掏空的感觉，像革命的低潮时期

一种预言是准确的：世上无难事
但大地的隆起，不只是时间的问题

我看到那些普通的人，在苍山召唤下

闪现不普通的灵魂:与他一样的不屈服

《苍山如海——井冈山往事》在书橱里
它总让我想起多年前,一个人的造山运动

上山的人走了,留下诗词和祖国
可敬的愚公。创造者终于创造了自己

冯金彦

和信仰有关的一种坚守

一

山坡上的墓地是他们最后一个哨位
尽管无论是谁来啦都不再放一枪
野草不懂这些只要有雨便年年绿
可这些远去的生命
无论春风怎么吹也不能生了

二

一个战士一朵小小的生命
就倒在这里他唇边最后的微笑
被枪声吹落
他掉在地上的血被花朵一点一点捧起来
在头上顶着红红的
仿佛一根火柴要把夜色点亮

三

倒在黄洋界上的生命也在春天开花了
只是不叫原来的名字

井冈山收留他之后给他换了一套衣裳
让他以一朵杜鹃花的样子
重新回到井冈山

尽管不说话
可是从旗帜一样耀眼的色彩上
我们依旧认出了他

四

那匹战马成为了战士的补给
成为了一根拐杖

马的骨架被垒了一座坟
打开军史如果在夜晚
你会听到哒哒的马蹄声
依旧在朱德小路上响起

一匹马的生命价值
就是让许多的生命更有价值
一个人也是，一些人也是

五

在历史深处的英雄们
怎么喊也喊不回来吃晚饭

夕阳西下的时候在井冈山
遍地的不再是英雄
是平凡的父老乡亲，是四面八方的游客
但是嘹亮的军号一响

在草丛里沉睡的勇士们
就会一跃而起

六

无论是最后的枪炮声还是最后的那场大雪
都没能埋掉什么
世间的许多美好就是这样
如杜鹃花,春风一喊就提着灯笼出来了

阳光依旧在纪念碑上飘落着
一个人在纪念碑下望了望日子就长了
一群人在纪念碑下望了望目光就远了
一只鸟在纪念碑上飞了飞翅膀就硬了

七

无名烈士的墓碑一直钉子一样
钉在地上也钉在人们的心上

多少人努力了
也没有把碑上的名字送回家
少小离家
老大了他们也回不去

八

在井冈山这些英雄的故事
是一颗颗子弹击中了我
并且留在了我的灵魂深处

在故乡的月光之下
我试着把灵魂里的这些子弹取出来
一次只拔出来一颗
仅仅一颗我就疼得大汗淋漓

高发展

写给幸存者曾志

跟随朱德的部队上井冈山
看风景
这里还是一块处女地

松树和杉木皮做的房子
小井从无到有的医院
一盏桐油灯
永远点亮她的精神家园

书本里寻找
黑板上有双黑眼睛
一座山的向往
她说她是革命的拾柴者

唱着山歌在血泊中前进
刀光剑影指向新的战场
失去航标灯的日子
从南海边的汕头走到汕尾

海风借给她一双会飞的翅膀
上海滩卷起 1936 年的风云
流浪的孩子拨亮灯草
温暖的家驱赶夜的寂寞

扛枪的爱人倒下
打扫战场她用泪水把他们掩埋
三个男人前赴后继
井冈山的杜鹃年年数着自己的花瓣

冬天的风
深山野岭砍柴的刀
三天两夜的疼痛
一声啼哭伴随子弹穿行

面前站立的儿子
从黄洋界的哨所走来
失而复得二十四年的牵挂
花城的花沾满眼角幸福的泪

数不清的战斗数不清的牵挂
山高水长回到从前
望着熟悉的身影披星戴月
在自己的脚印里躬耕
她说，八九点的太阳此刻正年轻

高　晶

他上山，他所认识的路

风被草木知秋的速写催老了
风能识别那些憋闷已久的呼吸，草木不能

秋天燃尽的粮仓，像一个人鼓动初始的激情
故乡天下黄花，暴涨墓碑的深眼，黄花渐弱

他要从洣水渡到罗霄山，再越井冈山，洣水河底
月光是乐手清白的族谱，读诗的人信手拈来的鱼

开慧与他在岔路口分别，女人消瘦的胛骨
似蝴蝶伸向秋日的触须，孩子们给1927年的深秋原野
留下三个不规则的句点

他知道这活跃的句点之外，世界东方是一枚怪坡上的橙子
力向上，滚下来越快，萎缩加剧
飞溅出的汁液
城市暴动这杆秤无法称其重

一只野獾，如果快过猎手的弓箭，守口如瓶活着
猜疑老穴在相反的方向。每一陌生的草丛

都有警觉的眼睛。就像不上山不知道擎举火把的手
丢失了很久，那些被屠杀成河的血肉

无法众口一词回答他的疑问，黑夜的山峦

不能即刻遇到传递火把的人。他逐渐明白，感觉就是路
一米八三的身躯，插杆成旗，草木晃动，野兽按捺不住

最好消失在秋日丰盛的山野中，隐姓埋名
向那些渐渐跟上来的同志，出示掌纹

这是路，唯一的证件

井冈悲歌

"彭德怀同志捎回来的1358个银元，说明黄洋界茨坪茅坪大小五井只剩下乡亲679人了。"

——电视剧《井冈山》

具名和不具名的，写不出名不识字的
随便起的后赐名的，重名的，死了后安了个名的

年轻和不年轻的，没吃过一顿白米饭
妄想睡到日上三竿的，坟上青草顶着露水的

比熟透的稻谷腰身更弯曲的
裆里家什比老竹子还倔巴的
心思比秋后的蚂蚱更蹦跶的
运气比地上的蚂蚁多磕绊的

热恋着婆娘的胸脯，死之际还惦记吃奶娃的
红头绳攥在手里面，男人的裤带缠在腰间的……

千万别深踩井冈山的石头
那里的石头过火，能烧出比夜还沉比雷电还磅礴的铸铁
那里的人过火，烧出颗颗舍利子
那里的草木过火，冤魂挂在蛛网
蜘蛛为你，画着针尖上的春天

井冈翠竹

最后，画家无法抓住细节
苍茫大地，壁立千仞
烟卷就是这个人心湖中懵懂上岸的河蚌
一明一灭
明灭之际，井冈山的月亮，从他叉腰处横空出世

这座山，在中国地图缩略图上插上红旗
插旗的人，该多么小，蜜蜂飞过万亩花海

竹笋在地下找着可以爆破的土
同类在暗处涌动，夜雨在后半夜
地上的一切与它们无关

他喜欢疏竹窗影的写意，太易画干脆休笔
他喜欢竹简汗青味道，箪食瓢饮当下，手指画沙
他追上那些疾跑的梭枪和竹排，衔枚夜奔

泥土下的暴动想要颠覆地壳和山峦
呼啦啦十万亩竹叶旌旗迎风招展
他不敢哭，忘了哭，膝痛难忍，跪行血路
撕开胸膛的湖泊，任万钧雷霆垂直倾倒

井冈山的斜面是竹海剥开第一层云萼的风口
他庆幸自己仅是钻出土的一竿

俯瞰山下世界——
当一种红色，被画家不可遏制泼洒成瘾
今夜西江月

慢吞吞移过山岭，不该遗忘的，被吟哦为诗
数不过来的人与竹的影子，下山了

关沧海

骨碌骨碌

骨碌到井冈山的鸟鸣
骨碌骨碌
就变成点燃春风的火种

在井冈山落脚
那一双叽里骨碌的眼睛
骨碌骨碌
就变成解放全中国的纲领
变成统领革命浪潮的智谋

还有那些在井冈山不停骨碌的
理想、信念、决心、道路
骨碌骨碌
就变成奋勇杀敌的民心
变成炸毁反动的炮筒

骨碌骨碌，滚动滚动
就滚成夹杂春风和火星的雪球
滚着滚着
就滚成储满奉献和斗志的
精神宝库

葛小明

扶贫干部

一

在井冈山，美丽的事物都很小
小得晶莹，小得剔透
小得闪闪发光，生机无限
就像庄稼地里的种子
从小开始，慢慢长大
变成千家万户的收成
而扶贫干部只是一株小小的花儿
开在乡间小路的一旁
不站在地里，窃取庄稼的营养
不开得太艳，让那些玉米花生美过于他
让那些早出晚归的乡里乡亲
能够在下地途中遇到
那时他不会兴奋地叫出声来
他会像庄稼一样默默坚守着
不说话，却享受着人间的幸福
一代接一代，小小的种子
越长越大，发芽开花

二

井冈山多数的贫困户

手机里都保存着同一个号码

不是父亲母亲的

不是村外收粮食小贩的

不是市医院的主治大夫的

它们拥有一个共同的名字——扶贫办

鸡卖不了——打这个号码

老房子危险了——打这个电话

这个号码就像昼夜点燃的长明灯

永远亮在贫困乡亲们中间

夜再黑,也能看到光芒

三

说到爱国,说到五星红旗

说到二十四字核心价值观

不要感觉它们离我们多么遥远

扶贫干部每下一次乡

每次老乡那深深浅浅的微笑

每一声谢谢,每一句告别

这都是爱国

一次下乡,可能改变不了村里的收成

但是我们看到稻子长高了

玉米变黄了

粮食补贴越来越到位

地里的大豆咧开嘴笑

每笑一次

我们的五星红旗就艳了几分

四

她轻轻拍了拍他的手

说今年的收成不错

包村干部也来送过米和面

去年的补贴都还存着呢

那种感觉就像母亲

在对儿女唠叨家常

十九大以来

井冈山的路宽了，水绿了

粮食吃到明年都够

她还说，种地比以前容易了

扶贫办的其他同志经常下来

地里的庄稼越长越高

差点高过了所有贫穷

五

老张的茶园比去年热闹

村书记，包村干部，电视台记者

一下子来了好多人

他们问这问那

甚至比自己还要上心

害虫多不多？

浇水是否方便？

采摘的时候用不用添人手？

老张因为茶园上了电视

电话多了起来

订单天天都有

买茶叶的甚至还有外地的

老张想,贫困还真不是事儿

贫困有贫困的"福气"呢

龚星明

在春光里,听一曲澎湃的交响曲

一

用最红的杜鹃花瓣,包裹希冀
用热血和生命,荡开重重乌云
一座山,把信仰托举到制高点
这座山的历史,是用鲜红的册页装帧的
如一幅精美绝伦的壁纸
在风华浸远的大地上
卓越不凡

通透的阳光,把遍地红花照得更亮
红色,是这座山最厚重的底色
井冈精神承合了时代的转折
蜿蜒起伏的山峦,展开了宽大的双翼
把浩大的光芒拉近
不断拉近的,还有世人朝觐的目光

二

井冈的气场就在于,聚绿为墨
擘画老区的胸臆
摇动心旌的篇章,凝重而明朗

绿色的邮戳,镌刻信念
极目八百里井冈山,满目苍翠,气势盛大
美近在咫尺,而不能穷尽

绿地、绿廊、绿色的屏障
绿色井冈山,让历史在草丛与花枝间
留下清朗的呼吸
变换了引以为豪的方式
用植物强劲的根系攥紧大山的怒放
青翠席卷了乡土,加深了梦想的底蕴

当井冈红与井冈绿融为一体
立世的惊艳,毫无争议地登上新的高度
美好的事物从不若隐若现
就像眼前这座,把阳光融进心里的山
其磅礴的气度,足够支撑
一生期许

三

"不忘初心,牢记使命",就是握住血的热度
聚焦对未来的美好向往
让钉进目标的时间,找到更精准的开端
脱贫,一个令老区人澎湃的夙愿
从改革的骨骼里成长起来
从开放的血脉中勃发起来
自信的力量,创新的力量,卷轴了 40 年的精粹
在时光鲜活的豁口上
致富梦,犹如一株旺盛的杜鹃花
开得极尽天然而又繁华

"一个都不能少",激荡时空的声音
是一种庄严的承诺

更是凝心聚力的集结号
多谋民生之利，多解民生之忧，浓缩炽热的情怀
不辱使命，不负重托，凝结赤诚的担当
复兴的时代，不仅用来抒情
强国之音，及时回应了
憋在民族丹田里的呐喊
因时代变迁而获得的幸运
如翩然而至的光芒，折射在茨坪、龙潭、黄洋界……

最好的时代，必须用最好的答卷来合频共振
一粒火种，在前行中加快了脚步
璀璨了脱贫攻坚的燎原之势
从一个高度，走向另一个高度
井冈山，如横亘大地的琴弦
弹奏出一曲曲荡气回肠的交响

郭志文

神山村的糍粑

好钢靠炼，好糍粑靠打
伸出双手，握紧木槌，慢慢发力
你就能从农家乐的欢乐中
提炼人生的滋味

蒸熟后的纯天然糯米
放在石臼里捶打，拢起，再捶打
生活的甜一再攀升
云山雾幔中，你仿佛看见身披硝烟的红军战士
纷纷站在你身后，跃跃欲试
五百里井冈曾是他们的大石臼
刀光剑影中，他们用信仰
和浑身用不完的力
一遍遍，锤炼真理的光芒

你同样忘不了 2016 年的小年
那双驾驭中国新时代的大手
在井冈山崇山峻岭中的神山村
高高举起了木槌
春雷就这样响了起来
糍粑就这样筋道起来

甜蜜起来
一片片在山崖上等待开花的红杜鹃
含苞欲放，就这样把春天的故事
传遍天涯

何桂英

旗帜展开的黎明

一滴水的归宿是大海,它拼命奔跑
一座山的理想在云天,它不断追寻
当云霞代替泥泞,当旗帜展开一个火红的黎明

有赣江之水,说上善若水
有吹过井冈山的风,带来美轮美奂
一座南昌城,在游人的眉上心尖开花

流淌的水里,发出哗哗的欢愉之声
巍峨的青山在一面红旗下,更加根深叶茂
响彻过枪声的大地,现在走来走去的都是新人

山谷果树环绕,山腰五谷丰足,山顶林草茂盛
曾经贫穷过的体内铺开红色大道
岁月在此吐纳珠玉

太阳照耀井冈山的一身,明月一直在头顶行走
我把初心留在巍峨的高山
愿开向日葵一样的花朵,愿有翠竹一样绿色的灵魂

一座山振动春风的翅膀

我的脚步一步一步紧叩井冈山的土地
青松、岩石,翻山越岭
明月就在头顶,大山一片澄明

打开一座山的词典,慢慢闻到历史的况味
荆棘丛生,找到英雄的血脉
犁开的伤口,已被枪炮声缝补

以初心,以洪荒之力,以自身的充沛和丰盈
擦去凌乱的足痕,修改钝刀的锋芒
一座山振动春风的翅膀唤我

邀我到井冈山去,去比照一下精神的高度
在曲径里,再丈量灵魂的深度
一座山是生命的修辞,更是人生的一面镜子

不屈不挠,一座山从沧海里升起
用它来不断督促自己
愿我的灵魂像井冈山一样,有雄壮和秀美

何曼丽

高高的山冈上

蘸着清明的雨滴,
倾吐心里的敬意。
欣欣然,在那高高的山冈上

已是花红,柳绿。

晨间的白雾还泛着薄凉,
所有的叶子被春风摇曳;
几簇杜鹃袅娜着,
一颦一笑,满是爱的涟漪……

流连在槲树上的黄莺,
熨帖起起伏伏的字句。
幽谷缭绕的云霞,
大写意般渲染一片旖旎。

东坡上的苍苍竹林,
穿透三月的春意;
欢喜雨水让莽莽山峦,
涌出大地的歌,大地的心语。

我喜欢这将暮未暮的山冈,
看烟波万里,读殷红浅碧,

叩问古老的时光，
请问，谁为我饮尽别离？

那轮静静的圆月啊，
迎风而立——
云外的一声轻唤，
恍惚惊起——
那年的风，那年的雨……

侯志锋

朱德的扁担

一根扁担,压在朱德同志的肩上
井冈山的山路在烽火岁月中越来越漫长
井冈山群峰挺拔起不屈的高度
再长的路也绕不过革命的足迹
再高的山,也垫在红军的脚底

扁担,一头担着战争岁月悠悠
一头担着使命和责任
朱德同志的肩上一定长出厚厚的老茧
破旧的军衣被肩上的扁担越磨越破
朱德同志啊,您应该把扁担交给年轻战士
为何你还和普通战士们一样
当挑夫?我明白,你们都是中国的挑夫

同志们藏起您的扁担,您又千方百计地找回来
题上"朱德"二字。红军战士们熟悉这根扁担
就像熟悉朱德同志,因为扁担常常横在朱德同志肩上
挑担上山下山。因为扁担不是一根普通的扁担
朱德同志的肩膀也不是普通的肩膀
过江河,它是一座砥柱中流的桥墩
筑大厦,它是一根顶天立地的栋梁

有这样的一根扁担,有这样的一副肩膀

革命没有不胜利的理由
用这样的一根扁担，1949年在天安门城楼
我们这个党，我们这支军队
愚公移山，开创了一条通天大道

胡刚毅

明媚春光的人

罗霄山脉刚甩开厚重的白袍，山花就急匆匆
怒放春天，这铺天盖地而来的潮汐
淹没了谁的视野和心田
无数山花撅起小小红唇，向谁献上？
她野性十足唱起一支亘古而又新鲜的歌
充盈峡谷嘤嘤伴唱的是知音

小小红唇啊，令人想到战士殷红的血
和岩缝里渗出的红色故事
山花的白，映照那年战士受伤后
秋叶般憔悴的脸。好像春的色彩
是五颜六色，像天上的彩虹，但不是稍纵即逝

绵绵春雨里，落寞已久的
山溪弹起了琴弦，心里的歌如山风弹响树叶
珠泪点点的一株株红杜鹃，对突如其来的
幸福和爱情不知所措，春阳里
她们羞答答的模样令人忍俊不禁
一条洁白的哈达，敬献给带来
明媚春光的人，那人已不见踪影……

胡 兰

一个村庄的前世今生

井冈山温馨怀抱着的
一个小小的村庄
你的名字，叫坝上
九十年前
你的胸膛里，燃烧过火一样的激情
你黑黑的土地
留下过一串串滚烫的脚印

循着那一个个脚印
我以匍匐的姿态
一次次走近你
走进你，以我的铁血，我的柔情
读你，读你的前世
与今生

那个风起云涌的秋天
你英雄的儿子
一个名叫袁文才的绿林好汉
洞开山门
迎接了一支革命队伍
从此，星星之火
在这方神圣的土地上
燃起

"早已森严壁垒
更加众志成城"
后来,就这么一点星火
燃遍了三山五岳
祖国的每一寸土地

硝烟远去
历史翻开了新的篇章
你曾经的苦难和奉献
你曾经的热血与激情
化作了历史的荣光
你的英雄儿女,把自己的名字
镌刻在共和国的史册上

胡明桥

在象山古庵

阳光明媚，松木劲挺，修竹幽幽
泥土芬芳，百鸟争鸣……
修葺一新的象山古庵，从奇峰茂木里
浮出，像一位年关访亲的老人
饱经沧桑的额前
在丰年的暖日里，有莲花的明澈

喧嚣静下来了，朗朗乾坤，表里俱净
云烟缭绕中，树木群簇的古庵内外
我佛一脸安详。那净无瑕秽的目光中
似飘有块块美妙的经文，在不停地引渡
善男信女们的美梦，安然抵达彼岸……

鼎盛的烟火，如漫漶而来的泛青之草
在慢慢点缀老区新农村三月的
春汛。看着半冈山下日新月异的
壮美画卷，我一脸幸福地吟唱出
支支小曲，仿若在花开花落中顿时明晰
佛祖当年在菩提树下的大彻大悟，以及
革命伟人一段永照千秋的井冈情缘……

胡水根

纪念碑

伸长我的手臂,奋力迎上前去
像迎接风暴、星辰、阳光
用我十二分的敬仰,用我涌出眼角的
泪水,用我沸腾的血

让心灵跳出来,跳进凝固的激流
跳进一种主义,一种思想
跳进你们铸就的光明
那样,我便能同你们一样
在同一个辽阔的天空展翅翱翔

在纪念碑,哦,不,在战场
我看到了你们冲锋的脚步
我听到了你们摇旗呐喊
我嗅到了鲜血和那个年代的气息
顺着你们照亮的思路,我发现我
在火焰里也是那样骁勇善战

寻求的决心正让我加倍地坚定
让我义无反顾地奔向前方
我不曾真刀真枪打过仗
但先辈啊先辈,请让我成为响箭
请让我像一束光那样,射出去

胡晓山

战士之死

一记白光刺目地掠过，
天空渐渐倾斜，
缓缓压下来。
他感到世界顿时沉寂无声，
仿佛一粒粒种子，像他的幻想，
在周围优美地发芽，
太阳，红红的，在东边，
可以听见它行走的声音，
但很轻，很轻……

他微微地笑了，
他听见子弹慢慢地呼啸，
听见战友冲杀的声浪，
越来越远；
鲜血汩汩地喷溅出来，
像一树绽开的杜鹃花，
像一面飘动的鲜艳的旗帜，
慢慢地，他倒下去了。

红霞铺在他身上，也可能是那面
穿满弹洞的战旗，铺在他身上，
连同盛开的鲜花，连同春雷般
隆隆回响的枪炮声。

他感到自己的葬礼是多么奢华,
多么壮丽和富有诗意。
他的血液注入大地,
他的血管被拓展为大大小小的
河床,重新有一种东西在流淌,
在澎湃。

后来,他的骨骼渐渐隆起,
肌肉风化为土,在等待一张犁铧。
后来他感到太阳落了下来,
落在他心脏部位,
像一粒暖烘烘的种子。
他的幻想像星星一样,
布满了夜空,千百年地闪耀。

胡云昌

西江月·井冈山

黄洋界上炮声隆，报道敌军宵遁。

——毛泽东

一阕《西江月》，照亮了黄洋界
一枚汉字八百里加急，并顺风放牧了一场战争
子弹洞穿了光阴的卑微，炮声隆隆
捷报传来，"报道敌军宵遁"

井冈山上，暴动的词语，分行排列
让金戈铁马有了诗意。一些人反复被火力侦察
红军谷里埋伏的奇兵，一再隐忍
确保一场战火，不被打草惊蛇

在大井，一所旧居里，一个伟人笔尖上跑马
字里行间是一丝不苟的行军路线。八角楼的灯光校准了准星
一颗子弹，洗练而精准
就连那"砰"的一声也不拖泥带水，非常干脆地击倒了敌人

一个伟人用词语兵分两路，用一枚动词穿插
用关联词转折，用深刻的寓意迂回包抄
最后用一个句号完成合围。还有一支奇兵在词牌外安营扎寨
他用墨汁调动另外一队人马，继续在光阴里佯动

而一些汉字在山林里，继续按兵不动
诱敌深入，让敌方拖沓的句子身陷八面埋伏
使敌军指挥官，成为一个落荒而逃的动词
此时，夕阳已跑不过一匹瘦马

他惜墨如金，害怕多写一个字，就会误了军情
当他收笔落款时，一场歼灭战就圆满收官了
而漏网之鱼，仅仅是一粒流弹
坏消息像一股流寇，窜到了南京"总统府"

水调歌头·重上井冈山

久有凌云志，重上井冈山。

——毛泽东

在井冈山，一个人和一阕《水调歌头》都不能缺席
否则这人寰就不会圆满。黄洋界仍然屹立在子弹头上
"风雷动，旌旗奋"。喇叭声声，吞吐星月
雄关漫道之上，一个人正在检阅古今

三十八年前，西风吹瘦了战马
马蹄声流放了霜晨月，还有一轮残阳伏兵于山林
苍山如海。一个人用笔尖检索出了一座苍翠的江山
在茨坪月色留白处，一个人用汉字重整了旧河山

反围剿，一个伟人用一粒词语抢占了井冈山的制高点
无数汉字的点射，形成了一阕强大的火力网

而在一个隐喻的山坳里,他早已埋下了伏笔
一匹战马,用嘶鸣唤回一个残阳如血的身影

在井冈山,以民间的方式,打开一场场硝烟
历史的一束追光,让一个伟岸的身躯成为焦点
他只身打马,长啸归来
飞扬的尘土,让一些人胆寒,也让一些人荣光万丈

弹指一挥间。今夜我们就在井冈山重新出征
逶迤的五岭、磅礴的乌蒙、金沙江、大渡河……
全都拴在马尾巴上,一一开拔
只是别忘了带上一阕《水调歌头》,否则新长征就不完整

念奴娇·井冈山

参天万木,千百里,飞上南天奇岳。

——毛泽东

一阕《念奴娇》,披了一身好山水
裹紧了一匹如画江山,让人间适时地葱茏了起来
故地重游。时光的驿道上
一支队伍还在分列行走,一面红旗染红了井冈山的夕阳

五井碑前,红军的身影早就入石三分
黄洋界上,一粒子弹打通了历史与今天的关节
"犹记当时烽火里",迎着子弹的年轻胸膛
跳动着一颗高傲的心,把牺牲看作一朵极简的照耀

"九死一生如昨"。他们用血与火为天下的忧患续杯
枪口的火花,是一次青春闪光的折射
一群精通死亡的人,打造了一条长达二万五千里的证据链
一群人的身影过于锋利,早已刺穿了生死的底线

三十八年后,一个人重上井冈山
携天际明月,挟磅礴风雷
唤醒笔尖的沉墨,再次激扬文字
激活体内的豪气,一一指点江山

"江山如此多娇"。井冈山的参天大树
像一个人的笔尖,打包了江山与风流人物
信马由缰的词语,一边让"雄鸡一唱天下白"
一边弯弓搭箭,射天狼

华 岭

山 洞

云中有山，山中有洞，
洞中蓄满革命的火种；
大风一吹，火种播撒，
五百里青山全都燃红。

每个洞都扎过红军的营盘，
这里，曾经有炊烟飞腾；
每个洞都驻过游击的勇士，
这里，曾经有战马嘶鸣。

洞内茅草，暖过红军的身躯，
洞外流泉，洗亮战士的刀刃；
洞里松明，照过红军的书页，
洞口轻风，飘过战士的笛声。

它飞出多少出击的闪电，
它孕育多少奇袭的雷鸣，
它溶化多少冲锋的鼓角，
它点起多少燎原烈焰火熊熊……

黄洋界下，军民巧埋竹钉阵，
滚木乱石，横扫千万重敌军；
七溪岭上，张开口袋迎白狗，

松炮石雷,千山万壑走雷霆!

指挥部、军械厂、红军医院……
山洞呀,不正是军事大本营。
根据地的星火燃遍全中国,
广阔的农村包围了几座孤城。

井冈山该有多少山洞呀,
每个洞都蓄满革命的火种。
岁月悠悠,几度春秋,
罗霄山脉松翠、竹碧、花红……

红军坟

攀着青藤一般逶迤的曲径,
我来找寻长眠的红军。
石崖举一片墨绿的松涛,
森林里婉转着一只百灵……

这里真是个宁静的世界呵,
大自然用温柔抚慰着英魂……
坟在哪里?坟在哪里呵?
碧草中有一团雪花映亮我的眼睛!

哦,是一束雪白雪白的野花,
放在红军坟前飘溢着芳馨,
还有无数闪烁的香火,

升腾起不绝如缕的烟云……

谁说生命有终，谁说烈士无名，
我看见人民不渝的心灵——
无名英雄在追思中耸立呵，
烈士的精神，在怀念中延伸……

黄宜辉

母亲的马灯

风雨如磐的年代
江西省于都县银坑镇窖前村
一户农家老屋的门口
一盏马灯整夜整夜亮着
那是一个叫钟招子的母亲
为儿子们留下的路灯
她的十个儿子
八个参加红军长征
老人苦苦等着他们回来

冬夜寒星闪烁
坐在老屋门口的母亲
一直遥望远方
陪伴她的只是这盏摇晃的马灯
擦得锃亮的灯罩
把她往春天的路上带
所有的牵挂和思念
凝聚在跳动的火焰里
把黑夜撕开一道深深的口子
但日思夜想的儿子们
却从未在灯光中出现
一声声喊她妈妈
哭着笑着，往她的怀抱扑

多少个夜晚

仿佛有敲门声

把母亲从梦中惊醒

开门一看，只有微弱的灯光

在风中顽强地亮着

同天上的北斗星一道

把一缕淡淡的光辉

洒向小路，洒向远方

一年又一年

贫穷和苦难磨砺着母亲

她苦苦盼望二十年

眼泪流了二十年

哭瞎了眼睛

满头青丝变白发

仍旧每天点亮门前的马灯

坐在台阶上

等儿子们回家

她常常念叨我的眼睛看不见

但马灯不能灭

不管刮风下雨

一定要整夜亮着

照亮孩子们回家的路

一九四九年

当年的红军回来了

在部队经过的路口

老人守望三天三夜

一次次打听

一次次失望

八个儿子

还是一个都没有消息

母亲坐在灯光里
一遍遍回忆儿子们的模样
心里不停地呼喊：
孩子们啊，你们在哪里？

一盏马灯几十年
在一户中国农民的家门口亮着
那跳动的火焰
是母亲的心在燃烧

姜 华

西江月

谁也无法复制逝去的月光。这个春夜
我轻轻拨开龙江上的雾岚，沿着1927年秋天
起义路线图，举着月光去茨坪，拜会一支
头顶红星的队伍。9月9日，一群穷苦人高举
大刀、长矛和火把，纷纷向萍乡、修水
和安源聚集，意欲掀翻压在头上的三块巨石
那些穿越世纪的枪炮声、呐喊声，惊天
动地。张家湾，把一页日历缓缓撕开

一座山被写进教科书里，让世界放下
身段。风上插的军旗，被摇得哗哗作响
一枚曾经被红色引燃的名词，抬高了人们的
目光，和欲望。有枪炮声在近代史中
奔跑，呐喊声敲击窗棂，不绝于耳。如今用
杜鹃花编写的导游词，掠走了谁的矜持？

也是在这样的夜晚，失眠的毛润之
怀揣一阙西江月，来到黄洋界哨口
他轻轻抖动手中乾坤，华夏辽阔的
版图上，有火把、军号声、誓言和信仰
林立，红旗漫卷西风。当我返回时
月亮掏出了所有的银子。春风伸出手
把一块江山曾经的苦难和伤痛，轻轻拭去

黄洋界上

没有一个地名能被岁月反复擦拭
站在黄洋界上,一条90年前残破的战壕
让我的嗅觉长出了翅膀。炮台上
存留的火药味,伴着垭口陡峭的风
正在从山隘夹缝中突围。给一个民族
留下了永恒的底气,让中国
近代史上的一场战争,余音绕梁

走进简陋的布防工事,湖广方言
传出的口令,正被密集的枪炮声压制
战争的硝烟在山冈上弥漫、旋转
我的记忆瞬间跨越时空
一个国家在沦为殖民地前夜
我听到来自东方密集的脚步声

纪念碑上,一首西江月仍在吟诵
时光却早已转过身来。谁愿意不停地回忆
复制岁月底片,当年那些扛枪领路的人
已纷纷在月光下走远。我看到一个闪亮名词
矗立在罗霄山脉中,霸气不减当年

仰望一座山

时光会让许多山水低下去。却有一座山
仍在拔高,让人们仰望。那些黎明前
攀山的人,谁愿意错过今晚的月光。弯曲的
山道上,有枪炮声,追击着一支头顶红星的队伍
地面上封存的脚窝,个个怀揣信仰
初春在井冈山中,有凛冽的风,于高处生长

一座隐身在云里的山,吟诵着一段军史
闪烁的星火,是登顶的路标
悬崖上陡峭的脚印,让白云低头
山风吹响军号,仿真的雕像仍在冲锋
那只飞过山巅的雄鹰,鸣叫着
把一段尘封的岁月娓娓道来

春天的色彩,印染了一片江山
一群访山的人,在一粒红色的词上停下脚步
大山的回音壁上,刻录下悲壮画面。彼时
有人穿上军服留影,有人吹响了军号
彼时,我感到脚下大地在轻轻摇晃
视野里,唯白云苍苍茫茫,茫茫苍苍

康湘民

山水再次吹响集结号

一个伟大的共和国产生于一粒
小小的星星之火
九十年前，这粒火种怀抱群山，畅想大地
催发了一个红色政权呱呱坠地

来自湖南韶山的书生一直在册页上
描绘火焰的形状
此时，大江南北的风雨暴戾而凶险
像要完成一次次艰难的手工作业
他奋力把火的外延拓展

内核是坚硬的
他熟知每一粒火星里都蕴藏有庞大的力量
他甚至预言了
火海里浴后重生的中国
比春天的皮肤更加清新

火光照亮了井冈山，也照亮了今日世界
如你所见，灰烬上的庄稼一直在分蘖
但仍有河流需要输血，荒凉亟待覆盖
脱贫，致富——
必须让日子充分折射阳光
让每个角落都充满无限的生机和想象力

从初心里伸出的一双双手
在精准的对接中，递去温暖和活力
红色和绿色，山水再次吹向集结号
村落喧腾，草木明亮
乡愁里的小康就此春风千里

革命圣地率先垂范
星星之火的激情和力量把时代的雄心再次拔高
井冈山，率先在世纪大潮中
交上了一份满分答卷

蓝希琳

井冈山的杜鹃花

这绝非寻常的杜鹃花
你们，曾经——
经历了硝烟炮火的洗礼
回应过革命先烈的心声
抗争着荆棘
突围出草丛……

美丽的身影，紧贴祖国大地
美得那么鲜活，生动
美得那么可爱，纯洁，真实
美得让人遍身温暖，肃然起敬
美得让人心头回荡起
一阵阵难以倾诉的共鸣

为何……看见你们，想起你们
心潮总是澎湃，难于平静
景仰与激动，竟然使我
一次又一次热泪纵横

这是一种烈焰般的绚丽
这是一种炉火般的热情
井冈山的杜鹃花啊
……别样红

黎 光

有信仰的地方

我看见三湾的红枫，龙潭的翠竹
茨坪的桂花
在阳光的抚摸下，交出内心的鸟鸣

在一棵树的根部，拾起一颗子弹
轻轻拭去表面的泥土
锈迹。我终于在不惑之年
用手指触摸到了历史的体温

毛委员走过的山路、水路
乡间小路，我都想用敬仰一一丈量
朱德、彭德怀、陈毅呼吸过的空气
我要细细品尝。我知道有信仰的地方
走出去的人，都身背光芒

走在我身前的诗人，他不敢
随意说出对这片土地的赞美；他只是
悄悄地把内心的思想和词语拿出来
放在红军熬过硝盐的岩石上晾晒

青山作证

我的赞美从茅坪河、五斗江上起航
诗歌的翅膀飞翔在群山之上,目光所及
那些沿途生长的麦、稻、桑、麻
在农人的眼睛里写满沉甸甸的丰收的喜悦
那些随遇而安的松、杉、竹、樟
让我这个外乡人停下脚步,流连忘返

井冈山,或中华人民共和国的奠基石
无论何种称谓,都与信仰有关,与红色有关
与老百姓的幸福指数有关
在这片革命的红土地,我相信老区人的生活
是无公害无污染,符合环保指标的
有葱葱郁郁的森林作证,莽莽苍苍的青山作证

看绿叶像婴儿的小手掌一样逗人怜爱
看满山的杜鹃花奔跑在青草之上裙裾飞扬
看灰喜鹊、相思鸟、伯劳飞上天高云淡的树梢
看五大哨口云雾绰约,神山村炊烟明灭
这样的日子你要不要,这样的日子你怎能
不珍惜,并且在睡梦里笑出声来

身在群山之中,我把能看到的绿
一块一块种植到我的身体里,我希望
井冈山能够在我内心坐骨生根抽枝发芽

永远被阳光环绕，繁花簇拥如歌
闭上眼，篝火吹着快乐的口哨远去
睁开眼，万道霞光照亮黄洋界葱绿的脸

黎业东

井冈山四重奏（节选）

一座山和三座大山

这座山注定要更多的山
来成就其伟岸高拔
这座山注定要对更多的山
进行突围

五百里大山
井冈山的命运风雨大作
共工怒触了不周山
井冈山面对三座大山
在一个天崩地裂的昨天
在一个千百年之后
又一个造山的世纪

三座大山
那是多高多险的山呀
那是阻绝来路和去路的三道天险
走在历史最汹涌的潮头
凶险如同遮云蔽日浊浪滔天
黑云天幕下的星光亮了
这是井冈山上的灯塔

欧洲人眼望过的东方
他们想到了睡狮
那是一头遍体鳞伤的睡狮
必在炮火轰鸣和滚雷大作中醒来

几千年的田园诗意图
安栖着小桥流水和暮鸦
桃花源里可耕田
芙蓉国里尽朝晖
怎能有炮声和硝烟
铁蹄和钢甲的怪兽

早已森严壁垒
竹林竖起怒发的箭簇
青松排起镇妖的方阵
一座山红旗飘扬
一座山有了定海神针
一座山突围了三座大山

五百里大山
高大巍峨岿然不动
有伟人题名
——天下第一山

一座山的回答

在一座山的面前
在沉默中读取岁月的痕迹
总是不敢大声喧哗
生怕惊扰铸碑人的安宁

千里来寻故地

旧貌变新颜
多想与你们一个一个交谈
报告南瓜汤还是那么香
只是如今越嚼味越长
报告愚公的干劲又重来
茶叶毛竹瓜果
正如山的大袍披挂在山的襟怀
报告守山的人们手牵着手
一步一步走向梦描绘的地方
报告当年的弹片纷飞的地方
如今是家家住在花丛中
看到铸碑的人在丛中微笑

八角楼的灯还在亮着
照亮的路还在不断延伸
如果还有更高、更远、更庄严的征途
我们以井冈山的山魂命名

李冬平

烈士李冬狗

假如早半个世纪
出生在井冈山
我与李冬狗应是同族兄弟

孩提时，我会和冬狗兄弟一样
吃红米饭，喝南瓜汤
长一身钢质的骨头
把调皮系于小狗尾巴
在山旮旯撒欢
总不忘站在夜的肩上
守望北斗七星

懂事后，我会和冬狗兄弟一样
将信仰染成红色
穿上红军鞋
紧握泛星光的大刀
在崇山峻岭急行军
割除旧世界的黑暗

面对敌人炮火的疯狂
我会和冬狗兄弟一样
冲锋在前
把危险踩在脚下

将忠诚举过头顶
抛洒满腔热血于苍茫大地

此刻，天已明
漫山遍野的映山红睁开了眼
冬狗兄弟醒在烈士陵园
冬平我安静地活在
苍松翠柏掩映的人间

李 皓

读书石

这块石头，落在井冈山上
极为普通
常年被雨淋，被霜染

这块石头，毛主席一坐
从此便得了个雅名
读书石

读书石
千年沉默
静听风，闲看云

李鸿根

三张发票

我想借刚刚钻出泥土的小草歌唱
借树枝上初绽的黄芽歌唱
借松土的蚯蚓歌唱
借采蜜的蜜蜂歌唱
借 2018 年的第一声春雷歌唱
借蓝天上的一朵白云歌唱
我要歌唱三张发票

那是 1965 年 5 月 29 日开具的发票
出自江西省井冈山管理局交际处
发票上写着
"首长伙食费 7 天每天 2.5 元计 17.50 元"
"首长购大米款每斤 0.12 元计 2.76 元"
"首长交粮票 23 斤"
经手人是雷良钊
这位首长，就是我们的人民领袖
毛泽东

这是一轮熠熠生辉的太阳
穿越了历史的风雨
穿透了时代的云烟
映照出一代伟人的高风亮节

这三张发票
是开给春天的花朵
是馈赠给大地的绿叶
是永远在井冈山上空飘荡的蓝天白云
是新时代重新再版的闪亮的诗篇
我记下了这三张发票的编号
00006482
00006483
00006484

李　晃

会师广场

两只手像两个潮那样涌过来
两面旗像两朵霞那样飘过来

而站在巍峨的井冈山上
请让我用三湾的红枫叶歌唱吧
毛委员和朱德军长带领的革命队伍
抵达龙江书院，胜利会师了
从此，从人民的怀抱走出的这支队伍
一往无前，朝着革命胜利的方向

请让我以八角楼上的灯光歌唱吧
在星光下集合的红军战士
为了让理想遍地开花
从这里出发，用星星之火点燃荒原
烧尽黑夜，让革命的花朵遍地怒放

请让我以于都河畔的月光歌唱吧
一杆杆枪整装出发，几许悲壮
一杆杆枪胜利到达，几多豪放
革命的队伍浩浩荡荡
向太阳进发，像江河摧枯拉朽
沸腾的血在脉管奔涌，哗哗作响……

请让我站在西柏坡放声歌唱吧
一次又一次胜利，一次又一次会师
一个又一个广场，队伍越来越大
革命的道路越走越宽广
有多少次出发，就有多少个会师广场

请让我站在北京天安门城楼
握住人民英雄纪念碑当麦克风歌唱吧
在这个全世界最大的会师广场
1949年10月1日，一个湖南人
用他浓重的湘潭口音喊了一声：
"中国人民从此站起来了！"
从此，在中国广阔的土地上
到处都是从胜利走向胜利的会师广场

李继勇

高　地

曾经如雨般纷飞的弹壳
已散落进了历史俯身捡起的
只有烂漫的山花
可撩起竹林的青翠
依稀又能目睹早已散去的硝烟

一场战斗赋予了眼前这如画风景
浓墨重彩的阳刚之气
只有宁折不弯的骨头
才能堆出哨口的那些垒石
炮膛冷却后黄洋界更加巍峨
不仅仅是一个地理上的名称
登上黄洋界便抵达一个精神的高地

不可能不想起一个人
那位能以枪炮声作韵脚
而令唐宗宋祖略逊风骚的诗人
依稀听见他以浓厚湘音
谈笑凯歌还

红军女战士

挺直的竹林镌刻了她们的身影
潺潺的溪流记录了她们的笑声
婉转的山歌飘扬着战火劫余的青春
那朵白云便是驰骋在马背上的传奇
江南雨从斗笠滴落同样打湿了
后人瞻仰的目光

半个多世纪后我走进了军营
在绿色的方阵中
我一直在苦苦地找寻着她们
这些按年纪推算我该称为祖母的女人
我宁愿称其为姐妹
因为她们的年轻已经被历史定格

战火中的青春美丽如流星
我知道她们大多消失了
在雪山草地，在西征的尘沙中……
如一滴水融进了彩虹
她们倒向大地的身躯
孕育了五谷和牛羊

所有的钟声都为她们而敲响
所有的日子都因她们而丰润
红五星，武装带，灰绑腿
会不会被后人仅仅理解成一种时装？！

李晓斌

我固执地爱着

往一碗红米饭中，拌了一勺南瓜

窗外的阳光更红艳了

一首歌就在岁月的深处

在我的心尖上，响起

同时响起的还有1928年的炮声

和五百里的时空，荡气回肠的呐喊

打开油灯的内核，我看见星星

看见燎原的火焰看见一座大山的伟岸

一群穿灰布衫的汉子

铁一样的脊骨挺了起来

一粒谷子大小的雨滴

落在山的怀里，落在时间的深处

满山的杜鹃花红遍了山冈

青翠的毛竹就像列队的哨兵

红军，苏维埃，一团充满激情的火

燃烧在乡亲们的胸膛

伟人说你是天下第一

我却爱着你的小

我从老墙头的弹孔里瞩望你

往事中的某些细节总是与血与泪相关

我爱你的一石一泉一叶一花

那些勤劳的山民柴米油盐的日子

有时候，一粒石子比一座大山

更容易激起岁月的波澜
我固执地爱着山下的小村庄
爱着韶山冲书生灯盏上的诗篇
打开春暖花开的版图我看见一个梦如婴孩枕着摇篮
一粒米如山岳盛放在碗里
一枚小小的闪亮的徽章
别在共和国的胸襟上

李玉洋

井冈山的绿色与红色都永恒

一

凡是美的，离心最近
不会有隔阂
井冈山不会歌唱，更不搔首弄眉
却让鲜花迷恋，彩蝶翩舞，鸟雀安怡
让清泉自由，让牛羊舒展怡情。能过滤世间的杂
人事的躁，让心里的半成品逐渐成熟。然后
长出无欲的根，漂浮在时空里

凡是美的，一入目就入心
比如桃花，比如岫云，比如一条水从石崖上跳下
比如风挂在松枝上，比如在夜空游荡的弯月
比如家里那只明亮着大眼睛
等待你回来的猫咪，比如
井冈山每一滴绿，柔软得内心像安眠曲
美时时刻刻无不在搭着人生的桥
春风换了秋风，麦子换了谷子，从不会拨错
任何追赶时光人的时差

二

一入目就入心的,皆是诗
比如诗经里的苍苍蒹葭,比如关关雎鸠
比如桑陌上走来的女子,比如落在窗台上的那只蝴蝶
比如戈壁上的日出月落,比如井冈山上的竹子
比如哪些被李白采回来,放在宣纸上的山山水水
再比如我梦见的,挂在故乡檐下的玉米串
沧桑再老,诗意年轻
岁月再久,韵味浓厚
诗扇动轻盈的翅膀,总能越过时光的藩篱
爱抚每一个人的心灵

入心的诗,一生都不会死亡
不会在日晒雨淋中褪色。不会被长江
滚滚的东逝水淘尽
秋风再紧也不能吹黄吹落
冰雪再酷也不能按下她高洁的头颅
像菊,像梅
远离污浊,拂开熏风腻雨,一生
只活在气节里

三

看山不见山的那种境界
我不能。因为我心中要有一座
实实在在的峰峦在横空高耸
望是一种信仰
蹬是一种执着
我若不能像菊像梅那样活

也决不会磨损心中坚守的挚情，决不会弯下腰
去接受任何斜视的一瞥
我愁，我哭。没有疼痛的心
就不会有热血流淌
我爱，我笑。心的红
比黑的跳动更重要

活着多像一匹白绢
涂抹或丢弃，都是结果
而红黄橙绿蓝靛紫
都在自己活着的路上，可以任由选择
珍惜，或者
挥霍

四

将日月酿成风景，连石头都突兀出自己的气质
风景析出词语，词语飘入心里，从心里析出诗
这个反复的过程，引诱多少先贤
流连忘返，沉入迷津
井冈山怀抱着大自然之美
如怀抱瑶琴的少女，等待心上的人
带来春风良宵，并年年岁岁放飞口信
岁岁年年收割着春花秋月
最终堆积成沧桑流年
日月不荒，井冈山不老
岁月不息，红色不褪
不知道是蝴蝶还是白云泄露了秘密
一个月圆之夜，伟人毛泽东乘金蟾飘然而至
杜鹃山作证，五指峰主持仪式
毛泽东挽着井冈山的手一吟再吟

万物还没有来得及祝贺，吟咏之声

已经飘越数十年

五

白云蘸着春雨，擦洗着挂满郁林里的鸟鸣

一不小心触醒了黄洋界

竹海、古树、清泉、烟云纷纷踏着平平仄仄而来

让满天熟透了的星子

无法隐藏。浪花闻讯来邀

一道一道无法走出的风景集聚地

比一行一行诗韵更黏人

山雀迷路，小溪迷路。一向机灵的风也迷了路

井冈山含笑不语

聚山纳川，唯有一匹马驮着山川奔驰而去

踏碎雾色的偷袭，一卷霞光画图

豁然拉开

六

亲吻一朵野花，心，立即慈爱起来

绕过一只安静吃草的小鹿，胸

立即宽阔起来。溪水洗一下脸庞

双眸立即明亮无尘。摘一枚红叶贴在胸口

情感立即炙热，血液殷红

扶正一棵被夜风吹歪的小树，欲望立即

降到零度。我要一遍一遍清洗思想

耕耘收获井冈山先辈播下的种子

我要张开双臂拥抱磐石，意志立即有了骨架

风雨中,再不会东倒西歪
——这些都是井冈山给我的。井冈山给我的
我都要

我还要:碑林里的庄严。杜鹃山酿出的春风
井冈山革命烈士陵园里永不生锈的精神。还要
茨坪的故事。大井小井刻下一群人的脚步声
要一只可爱的飞鸟,要一条机灵的鱼
要一片竹子,要绿林中一缕青青的炊烟
要一口山泉,清凌凌的四季唱着歌声
当井冈山在朝霞里露出微笑,这些都是我要的
我要成为她们最友好的近邻,如果可以
只带着纸和笔,我愿意与她们结亲,
今生今世不悔

七

养育了这么多奇丽风光美景,井冈山依然很宽厚
每天清晨,用朝霞与鸟雀交换啼鸣。山高夜冷
晚上用黑色被子,给所有的都盖上
一草一木,一鸟一兽很幸运啊,选择了井冈山做母亲
风景也很幸运,选择了诗作为自己的嫁妆
当一群白鹭飘来做她的伴娘,请不要惊讶
那是诗的精灵与山水的灵魂再生所飞出的芳香

回味,欣赏。不断地进入原始的粗犷
不断地将古调转化成今天的乐章
鸟雀神秘一笑,有了山高水长
江涛拍岸,一代一代圆梦的声音射透层层波浪而来
在井冈山的上空变幻,甩掉骨头缝里的悲悯
满天是锦绣云霞

八

尘世千载，熙熙攘攘。尘世之中
井冈山依然纯净，依然温爱，依然绿意茵茵
马踏春风，雪凝初心
每一片绿叶都溅飞星花万点，落地成香
山隐于芳草中，云浮出溪流里。我们在烈士陵园里
对接1927年赤诚火炬。日月不会掉头，却抹不去
井冈山千载的优美绿色生态，那么怡情醉人

已经播下红色基因，井冈山不会停下脚步
像一个赶考的学子，脚步就是他的战场，腹中万卷
只不过是为压稳脚步而装载的配重
初秋的阳光明媚多情，香樟树碧绿含蓄
一个被山水熏软思情的外乡人，我走在
井冈山黄洋界大道上，水土不服的口音
被绸缎似的风安眠、抚摸、镇静
沉醉着非家乡的家乡暖意

杜鹃花在酝酿节日，春意在打扫时空
已经高高挂出的井冈山二维码
令多少前来扫描的人，按不住心底
蠢蠢欲动的绿芽。我临亭而立
风已加速确定自己的半径，去繁就简
丢掉词汇粘连的枯叶，裹紧意境巡视自己的江山
晴空如洗，井冈山怀抱明月正要登场

井冈山的绿色与红色
都是永恒的

九

山风摇着粘满古韵的銮铃，顺山道溪涧而至
云烟飘起又飘落，声音却深深刻在巨石上
过滤掉世间的浮尘，带着新时代的豪气
乘一带一路的春潮，在晨露与牧歌里浩浩而来
一浪一浪，漫过千年的疼痛，百代的梦想
贫困的帽子像紧箍咒，勒瘦多少人的头颅与向往
井冈山以最新的仪式接纳了万里春光，让温暖的色调
现代沸水般的摇滚，一一飘满井冈山的上空
终于，用拔山的拼搏豪情脱贫摘帽
丢进历史的垃圾箱。早上的空气新鲜欲滴
阳光像饱满了彩墨的画笔
纹绣高新区那健美的肌腱，勾勒生态农业优美的线条
用绿作为名片，扫码着5A级景区的深度
然后，让一座城市虔诚地立于画面上
辐射四面八方
不留下任何一缕黑色的影子。唯有美
凝拧成一缕花香，烁耀着七彩的光，飘进
仰慕井冈山而来的人心里。封存，酝酿
一生都刻在心里的诗句

梁　梓

八角楼帖

这些旧址，成为我们一再探寻的消息
昨夜星辰般哀怨的眼睛，盼着黎明
涌动无尽苦难和悲哀的大海
无法回溯的鱼群，被裹挟着，失去它们的弧线
飞鸟嗓音暗哑，折翼
不散的乌云，深陷囹圄的神州大地

我是后来人，用目光触摸、抚慰
　一个个尚存余温的标识：办公台，办公椅
砚台、竹筒、军旗、红五星、八角帽
凝聚着时间的众物轻轻开启一扇窗
那时屋檐，挂着苦雨的帘幕
窗外，睡着一个悬而未决的祖国

跳动火苗的铁盏清油灯
如豆的种子，被保存，被传播
此时它是一颗初心，散发着光和热
紧缩眉头的人，急草信笺
词语的火镰，擦亮四万万人的远方
就让腐朽加速腐朽；让黑暗不再黑暗
彼时沉寂已久、破碎的、苦难的中国
凤凰即将浴火

索性就将一座山燃成火炬
拾柴者，都有谁？
照耀四野，抚慰苍生，浩大如春风的誓言
以山为笔架，深明大义的执笔人
已预见并昭告：雄狮必醒的未来
以一种颜色定格旗帜；以一个星辰为荣耀
在古老的土地，拆毁所有的栅栏
所有的溪流如铁，汇聚成河

擦亮每一双蒙尘的眼睛
让子弹飞，飞成向往春天的候鸟
让炮声轰鸣，要为驱走半个世纪阴霾而庆祝
让热血滋润赤贫、破碎的山河
给每个向日葵、麦子、水稻及芸豆
以细雨和暖阳；给每个困惑的脸庞以希望
当一座楼八角的天窗亮了
祖国的天就亮了

林 莉

春到井冈山（节选）

一

春临庐陵大地，春风八百里加急上井冈
你看——这样的时候
龙庆河波光粼粼，五指峰花红林木翠
笔架山映山红开遍，像熊熊烈焰
嗤嗤燃烧着；又像心怀信仰的人们
将一面面鲜艳的旗帜插上了高冈
黄洋界上，松涛和竹海飒飒声互相交响
那是来自1927年的号角
嘹亮、浑厚，在历史深处回荡

二

我要写下：大井、小井、中井、上井、下井
我还要写下：茨坪、茅坪、长坪、下七、黄坳
从梦想到理想，从变革到创新，从发展到经典
用两年零四个月创造出的奇迹作基石
是依依墟里烟里生成的一方山水
是龙蛇走笔下的大道乾坤

在庐陵风水宝地上，一条条河流滔滔奔涌
一个个崭新的村镇矗立
被建造到春天的盛景中……

三

独坐山巅，听飞瀑流泉轰响
俯瞰参天万木，平湖田园
一颗心，在沸腾，变得热烈，滚烫
此刻，春风八百里，加急、加急！
万物浩荡，随一轮朝阳冉冉上升

那些挑粮进山的身影再次闪现
那些在战火中出生入死的志士
那些奋勇的英姿，不朽的灵魂
与巍巍群山一起筑成了千古风骨
令井冈山图谱愈加辽阔而丰厚

四

有一座山，叫井冈山
有一座城，叫井冈山
有一种精神，叫井冈山

近了，山下旌旗，山头鼓角，众志成城
远了，烽烟、枪林弹雨，江山如画
无论一阕西江月还是一阕念奴娇或水调歌头
如你所见，春风八百里加急，井冈之春在集结
在这里，历史风云和时代潮流对接，碰撞
一座山、一座城、一群人以及无数村镇
它们互为印证，组成一个时代的伟大传奇

林　珊

忆往昔峥嵘岁月

一

是的，我偏爱那葱茏的绿，辽阔的红
我偏爱的那些，都是我能够细数的事物：
是逶迤的群山和高悬的瀑布
是十里杜鹃和起伏的鸟啼
是那个贫乏的年代。山下旌旗在望
山头鼓角相闻
是低矮的屋檐，热气腾腾的南瓜汤
是槲树下的箩筐，压弯的扁担
是八角楼里彻夜不熄的煤油灯
黎明来临前的第一缕曙光

是燎原的星火奔跑在——
1928年的罗霄山脉上

二

在井冈山，请不要试图开口说出
那些汹涌澎湃的热爱
在苍茫的青山之间，枫林多么辽阔
云海多么丰饶

我流连忘返于脚下的每一寸土地
我爱,我赞美
我赞美,我爱

我怀抱着漫山遍野的杜鹃花
历数往昔峥嵘岁月
聆听夜晚的福音书

三

我还是想写下 1928 年的秋天
写下井冈山,写下那些永恒的过往
我还是想动用一生的光阴去触摸——
五龙潭的水声,笔架山的阳光
我还是想站在九曲桥、挹翠湖、茶亭
看一缕缕微风,从一个人的发梢
吹拂到另一个人的发梢
我还是想,在薄雾散尽之时
登上面色慈悲的山顶
反复背诵那壮气凌云的诗篇:
"黄洋界上炮声隆,报道敌军宵遁……"

哦,我就是那个怀抱鲜花的人
哦,我就是那个眼眶潮湿的人

林国鹏

一个葱郁的名词

来到井冈山,就是穿越到一个传说
我听见,1297.5平方公里的光线在倒流
这是一个收藏和孕育爱与绿意的地方
我知道,试着醒来的草木,带着
无人知晓的秘密与原封未动的美
在悄然升高……

大地的秩序无法篡改,正如我写给
井冈山的诗句,每一朵词组
每一个符号,都是辽阔、矜持、芬芳的
是啊,发亮的时光在日子与日子之间穿梭
那些被风吹散的鸟鸣与水声
互相浸润、渗透、沉淀,等待被一阙
手书的月光激活。我承认
是体内年久失修的星辰,加深了夜色
我知道,一座山也拥有族谱、姓氏和古老的乡音
此刻,流动的意象在诗行里自由翻身
一些深入到井冈山内部的词汇
随时都会溅出荣光

井冈山,一个从热土里长出的葱郁名词
习惯和虫鸟为伴,与山川共老
无论用草、隶、篆、楷、行

哪种书体落笔，每一个字都亮着一盏灯
是剔除浊世的笔调，让阳光拥有名字
让一个地名长出翅膀，让一个在山上
走来走去的人，走进他的前世

是的，我们都站在故乡的脉搏上
它的每一次跳动，泪珠便会从眼眸里滑出
是啊，那是提前成熟的乡愁
在不断滴落……

杜鹃花笺

这是一个被杜鹃花染红的春天
每一缕阳光都拥有饱和的温度
在井冈山清澈、高远的空中
一只鸟就是一张唱片，重播着一个古老的传说
你看一枚枚花苞，坐在长短句一样
参差不齐的枝头上，观日出、看行云、数流水
尽情地红着。这满山流动的光芒
唤醒了一个落魄的山谷。你听
一朵花骤然降落，那么轻。如一段
波澜不惊的日子，在青山和绿水之间响彻
落在井冈山，就是回到自己的故乡
将困在纸上的诗韵放出来，将淤积体内
灼痛、筋骨般的绽放之美释放出来
我承认，你伸手触摸的所有光线、絮语和花影
都是可以复制粘贴的美景

是的，每一朵杜鹃都喝着月光长大
每一朵用爱开出来的花
都是永不枯萎的……

林隐君

茨坪来信

此地海拔841米，山体丰硕，若伟人相濡
我来到这里的时候，草木正推开料峭
白鹭做好了准妈妈的打算
翠竹细着腰，矜持而淑女，在给天空着色
此地人心高于千仞，战马踏出的闪电，高于九霄
我能感受到1927年10月27日的人影
如何沿着血脉，起伏成山脉
如玉的白骨如何沿着磷火，浩瀚成星海

如果你来，我带你去思想的山径
那里有无限宽广的巨手，推开了暮色
有气象欣欣的高楼、商肆和大道，醉于花荫
当然也可以沿着博物馆、烈士陵园
和革命斗争旧址群，追忆风暴如何酝酿火种
劳苦大众，如何散发觉醒的气息——

整个下午，我一直拿着笔，想着一些事情
比如一座山和江山的关系
比如东方红与中国梦的承传之美
又比如三中全会和"一带一路"，如何变革于时代
社会主义核心价值观
如何让初心，带出光，和净洁的灵魂

因为这样，我才在茨坪多逗留了一会
你不知道，就这么一会，杜鹃穿上了粉红的衣裳
白娘子在挹翠湖畔，迎来了刚出壳的雏鹭
并且与世界，建立了一种全新的美好关系
蓬勃，如汪洋；静好，如开创的伟业

井冈山之思

有一种荡气回肠的文字，散于满庭芳的屋舍
有一种解开头发的林木，含着黛，在学鸟语
有一种翠竹，挺着腰，向天空邮递起崇山峻岭
有一种红日般的光芒，带着暖，穿胸入心
剩下的一部分，带着天清地明，在建设中蒸腾
有一种绿色的心跳，回荡在红色的山谷
剩下的一部分，还沉湎在井冈山的会师之中

有一种记忆弯下腰，是为了让脊梁挺得更直
有一种记忆挺直腰，是为了对青碑更好地仰望
有一种白云织出的丝絮，会让我们的身心俱净
有一种白云掀起的浪朵，带出了黄洋界上的炮声
有一种历史，把国家和个人的命运联系在了一起
有一种历史，沐浴着刀风箭雨，站在了山岗上

有一种声音，用铿锵陈词，风连着风，云接着云
有一种行色，在金色的地平线上，用招展的旌旗奔走
有一种思想，即便停止了思考，也和光同尘
有一种风景，斑斓未尽，又随大地黎明初开

有一种黄土，和着骨血燃烧后，悬在了星空
有一种妖娆，她柔软的部分，用岁月的静美形容
坚硬的部分，用五指山积蓄起的千钧之力形容

有一种缅怀，不知要用多久的沉默，才能浸透沧桑
有一种大爱，不知移动了多少座大山，还在搬运
有一种泪水，有揪心的隐痛，也含着明朗的欣喜
有一种路径，只有通过开天辟地，才能唤醒沉睡的民族
有一种承传，只有巨大的坚守，才能实现伟大的复兴
有一种初心，除了信仰，不需要任何的填充物
有一种梦境，除了开创，不需要任何空中的阁楼……

八百里春风，席卷东方

每天开门，便见峻岭，压着尘世的嘈杂
米粒，闪着如玉的良心
烟火是轻姿的，像新娘怀里的芬芳
山溪水不分昼夜，流经山冈

每天出游，便见人烟，从碧宇中来
男的帅男，女的靓女
阳光，穿梭于城市的每个器官
问候语是鲜活的，有丝丝的甜
生活是福禄寿喜的，带着青衫白云

恍若这片古韵的地理，有我万顷的良田
峭拔的山岭，有我绿色的星辰

我们洗净双手,红豆杉、银杏、半枫荷们
比我们更早地沐浴好了身子
我们拾山而上,峰峦、飞瀑、溶洞们
比我们更早地迎迓于山道

这些清晰可见的物事,如此明眸皓齿
当我们说改革开放,就有夜,兴奋不能寐
当我们说中国梦,就有草木,动容于山河
当我们说井冈山精神,就有粉红的蓓蕾
更加来了精神,就像1928年的那场会师
眨眼廓开天宇,高万仞的山崖若拱若揖

从红色的摇篮到绿色之都,记忆一次次被倒流
忘了岁月,早已绕过葳蕤,炉火纯青
忘了自信,早已取代困苦,把天地调成蔚蓝和碧玉之色
忘了积淀了四十年的陈酿,只需用一两激情,一两励志
再用一两清澈,洗濯肉身,感怀,便可壮怀激烈
江山,便可美如初见,如八百里春风,席卷东方

林杰荣

瞻仰革命博物馆

安静的红军南路，正适合
安静地讲述一个红色故事
只有足够安静，才能
听到井冈山的枪炮声，和那句
"星星之火，可以燎原"的预言

八角楼灯光温馨
红旗下全是最淳朴的军民情
一根灯芯照亮一场革命
太阳，从井冈山悄悄升起

黄洋界的风吹散硝烟
捍卫，是血肉铸就的誓言
这里翠竹青青，这里生命青青
多少春天由此发芽
翻新了这片红色的土地

井冈山的高度已是历史的高度
朱毛会师，把一座大山燃烧成一支火炬
嘹亮的军号震响了灰蒙蒙的天空
我们只有草鞋，但决定征服更长的路

凌 翼

八角楼围炉恳谈

习总书记在八角楼旧址
与革命烈士后代围炉恳谈——

当年那个阐述"工农武装割据"的人
不仅是一位预言家
也是一位革命实践家
他领导的中国革命
从最初的星星之火
终于以燎原之势
红遍全中国……

那时的一根灯芯
在灯盏内发出微量的光芒
灯火的每一次跳动
都是一次思想的闪光
那盏清油灯
在八角楼放射出光辉
照亮的不仅仅是一座山
是整个中国……

火炉很旺
总书记语重心长
他恳谈理想与信念的时候
火炉里的炭火开始噼啪作响

红色基因中的绿色

井冈山
无数烈士的鲜血汇成了红色基因
一代代后来人
在霞光一样的旗帜下
接受着井冈山精神的洗礼

总书记第三次上井冈山
他说的第一句话就是——
现在的幸福生活来之不易
要多接受红色基因教育

习总书记话中有话
当年先烈们为什么抛头颅洒热血
不就是为了今天的生活能够变成绿色吗
井冈山的绿
有绿色中最纯正的色素

最红与最绿
容易让人迷醉
在最红的色彩里走绿色崛起的道路
日子红红火火

龙　凌

五指峰

楠竹、方竹、淡竹、观音竹、寒竹、苦竹、凤尾竹、实心竹
我给竹子点名时，风拥挤得更厉害
像当年踊跃参军的农民兄弟
笔直的身板，像茂盛的毛竹
簇拥在五指峰，游击洞
我看见一座山转过一条河再到一个洞
后来就成了一百元人民币的背景图
当年活跃在这里的工农红军头顶五星
从这里走出去
一生的努力就是为了重回此地

红米饭

红米饭、南瓜汤、秋茄子，味好香
在歌谣的留白处，饮酒，吟诗，无所事事
我在餐桌前忆苦思甜

在井冈山，红米饭悄悄成了济世的药引
曾经的我害怕吃红薯、南瓜
为何每一个想逃离自己的人又在寻觅过往

在井冈山，一定要盖一次米汤浆过的被
现在我们看到的都是锦衣玉食
看不到的是，鲜血染过的土地上
还有红米在使劲地生长

刘光明

再读《井冈翠竹》

也是一个下午，上语文课的漂亮女老师
站在讲台，捧着课本朗读《井冈翠竹》
那一年我读初二。教室里多么安静
我听见翠竹林里清脆作响的风声
吹来井冈山浓烈的味道——山的味道
山上瀑布飞溅，林木苍莽，毛竹挺拔
我们齐声跟读："毛竹扁担，挑着中国人民命运的重担，
从井冈山出发，走过漫漫长途，一直挑到北京城。"
那一刻，我看见女老师的眼睛里闪出一颗泪花
因为她好看的脸庞正好被下午的阳光照亮

三十二年之后。也是一个初春的下午
我在网络搜索《井冈翠竹》哪一年选入课本
跟随重庆卫视的品读节目再读《井冈翠竹》：
"这些青翠的竹子，穿云钻雾，呼啸而来。
它们滑下溪水，转入大河，流入赣江，挤上火车，走上迢迢征途。"
英雄的翠竹，点燃火焰……

我一遍又一遍回忆那个下午，一遍又一遍跟读
此刻，初春的北方黄河刚刚开河
巨大的水声，呼应井冈山五百里林海的涛声

刘紫剑

井冈巾帼风

陈发姑

时年四十岁的陈发姑
结婚二十一年的陈发姑
那一年的秋夜，在渡口
送走丈夫的陈发姑
从此开始了苦苦的等

日头起了又落了
山花红了又谢了
新中国都成立了
还没有等回自己的丈夫

陈发姑每年都会打一双草鞋
她一共打了七十五双半
最后一双实在打不动了
她还坚持守在渡口
大黄狗偎在脚旁
静静地把她守护

2017年9月的一天
我在苏区革命纪念馆里，看见

这个佝偻着腰身的老人，扶着门框
执着地望着对岸
忍不住，失声痛哭

吴月娥

十八岁的吴月娥最后一次上山
是在 1929 年的冬天
她把一个连的敌人带上悬崖
也把自己带到人生的顶峰

站在悬崖边上，她会想些什么
在这片熟悉的山岭上
是和小伙伴们站岗放哨、传递情报
还是看护伤病员、侦察敌情

这些已然无人知晓。我们只知道
那天，她死死抱住敌军连长
纵身跃下 1343 米的峰峦
五百里井冈山呀，张开怀抱
拥抱这个大山的女儿
最美的一朵映山红

今天我也站在这里，凝目远眺
蓝蓝的天上，白云在飘
漫山遍野的竹子呀
傲然挺立，郁郁葱葱

江满凤

江满凤从小爱唱歌
唱她从未见过面的爷爷，一个
老红军留下来的歌谣——

啊呀嘞,红军阿哥你慢慢走嘞
小心路上就有石头……

江满凤成年后做了龙潭景区的保洁员
她会一边唱,一边打扫卫生
越来越多的游客听过她的歌
越来越多的人在传唱她的歌

后来她把这首歌
唱成了《井冈山》电视剧里的主题曲
还唱进了心连心艺术团、央视演播大厅
每次演出,她都不要报酬
只有一个要求,在歌曲上
一定要打上爷爷"江治华"的姓名

现在你到井冈山来
满山都在传唱着这首歌
老区的老百姓会对你说:"你晓得不?
她是我们井冈山上的百灵鸟。"

卢 炜

在下七乡逛街

一条街，丰富了井冈山南麓的内涵
满街的客家方言，在喧哗声中吆喝着生意
老外与游人，穿行在琳琅满目的山货世界

红米饭，南瓜汤
竹鼠肉，笋衣干
满街的特色小吃，满眼的特色民居

下七乡，井冈山曾经最贫困的乡镇
此刻沐浴在精准扶贫的春风里

站在下七街头，我遭遇了前所未有的心跳
在乡政府的大楼前，我看见一块标语格外醒目——
立党为公，执政为民

陆 承

请井冈山告诉春天

请告诉我,
整座山冈上,是谁第一个得知春天到来的讯息?

请回答我,
在这个家园里,是谁第一个阐释了春的颜色,
呼吸,和那细如针尖的心跳?

送走冰霜,迎来润泽。
一株翠竹的内核,蕴含了多少美学的光芒。
一片竹叶的脉络,印证着革命浪漫主义的气质。

请在一封信的开头写下春风的妆容或速度,
那柔情的绸缎,贯穿了山野和林木。

那隽秀的楠竹、方竹、淡竹或精神之竹,
在一道道隐匿的台阶上,
表达荣光和茂盛的心房。

那每一米春风都不会告诉你的盛大,
在竹叶与竹叶之间传递。

请让井冈山告诉春天,
山外不管怎样暴躁,

山上绿意依然十足。

清雅的画眉刚刚清过嗓子，
绅士的锡嘴雀就拉开了一场小型音乐会的序幕。

哦，颂词并未舒展，流水婉转抒怀。
在五龙潭瀑布，迅捷的白练
对照了清纯的苍翠。

竹林韵致，思维飞旋，
我听到多少壮志的咏叹，
皆在这一抹成竹的画卷上渲染。

哦，并非春光，而是大地深处的回忆
唤醒了这一棵棵沾染过鲜血的竹子，
在无名和冠冕之间，
点缀这方充沛的土地。

请让翠竹告诉井冈山，
从黎明到日落，从绽放到衰败，
无论时空变幻，她依然是忠实的相伴。

哦，漫步也是一种追问，芬芳，
在观音竹、寒竹、凤尾竹或斑斓之竹之间飘散。

我的一生，
将经受多少困难、欣喜和竹林。

此刻，一片竹林以淡然而真诚的辞令，
解开春天的锦囊，
引领云朵的走向。

罗咏琳

挑粮小道

4.8 公里真的不算漫长
1343 米的海拔
也谈不上巍峨
但这条路却连通北京
站在最高的路口
可放眼中国，放眼世界

这是通往黄洋界的一条
普普通通的山路
羊肠一般曲折狭窄
陡峭的步步登天的路面
堆积泥沙和落叶
但来来回回留下的脚印
像泰山上的石刻

它蜿蜒上升的路径
多么像一条强劲的血脉
毛泽东朱德一人一根扁担
一人一副箩筐穿梭其间
左边挑起红军战士果腹的口粮
右边担起民族解放的希望

马 飚

太阳上的井冈山

黄洋界
太阳上的一个县
——国力，无穷的装置
光芒永远用不完……

冬长、夏短、秋早
春晚——天然的
红色经典
毛泽东用诗词，铸就井冈山

真理，天地新方寸，向上
是梦的机械师
一切花开，都是一次日出

用生活，开天辟地
为理想皆大事。选择一种劳作
做，美的反应堆
"红色最红，绿色最绿，脱贫最好"
如宝石的沸点

马冬生

桐油灯

一篇光辉著作，让耗费的桐油无价
瞻望一盏桐油灯，心无法不虔诚

给每一个字注入了什么，灯知道
给寒夜摁进了什么，我们要明白

为火苗遮风的，是谁的手掌
一盏桐油灯照亮的，都不能忘记

点几根灯芯，要细细思量
心中的灯芯，则永远燃烧

靠近油灯，我们要看清初心的脉动
光明的年代，也要时常拨一下灯芯

大 刀

高高举起，是一支锋利的歌
束上红绸，是一面飘扬的旗

在大刀的刃上，我寻找曙光
在大刀的铁里，我磨炼筋骨

大刀出鞘，凛凛骨气不灭
大刀挥舞，腾腾热血不息

一种信念的红，在大刀的臂弯汇就
一种英雄的气，在大刀的锋芒辽阔

一把不再闹革命的大刀，我要紧握
一把锈蚀的大刀，刺痛我荒芜的心

马　晴

井冈山拍照须知

一

穿红军的服装
不要露出里面的名牌衬衣
脚上的皮鞋要换上草鞋
化过妆的要卸妆
手机不能拿，香烟不能抽
关键是脸上的表情
一定要虔诚，庄重
浑身上下要透出革命时期
红军的信仰与风骨

黄洋界、五指峰、纪念碑……
无论以哪里为背景
都要把右手放在初心的位置
让肩上扛的旗帜
吹拂成祖国铿锵的模样

二

如果不穿军装
想站成杜鹃就站成杜鹃
想站成翠竹就站成翠竹
春风八百里都可以选景
但要把井冈山照出欣慰与自豪
把井冈山的美照得淋漓尽致
广东来的,要照出广东人的风采
河南来的,要照出河南人的精神
雪域高原,北国南疆……
都要照出新时代中国范儿
即使怀里抱着的婴儿
也要照出一种精神的传承
照出日出井冈的阳光灿烂

梅苔儿

摇篮记

友人在车站接到我
第一句话就说：革命的摇篮欢迎你

摇篮生万物
我开始了内心的一场革命
生我养我的城市变得陌生
眼前的农村，群峰，田野
一湾碧水，几树繁花，三五声鸟鸣
返青的山腰，谷底的回声
我渴求的事物，都来到身边

游历山中
有琅琅铁器之音传来
如传唱的歌谣，如涌动的江河
如十万亩稻子扬花，灌浆
不，是革命之喉音加持
这生机无限的新世界
从红色摇篮到生态井冈，一直
觉醒而锐利

在井冈山
吃红薯丝饭，盖着米汤浆的被子
我闻到故园和祖母的味道
摇篮里，我又一次酣睡成婴儿

起义给世界看

陪我上山的友人说
井冈山与众不同

我信。我眼里的崇山峻岭
植被葱茏,盛大。绿的决绝,红的炫目
镰刀和锤头犁开的光芒
有着稻香的味道和铁器的质地

八角楼,纪念馆,烈士陵园,毛泽东旧居
皆人头攒动。经过我身边的每一个人
忽略了美景,都在眉飞色舞地谈论革命
革命的种子有着神奇的保鲜术。如信仰
一群人进山,一群人出山
怀揣早起的星火

蜜蜂搬运春天,石头开出花朵
河流编织远方,鸟鸣指引方向
三月,积雪尚存,春风又至
乐队忙着修订秋天开唱的词曲
所有的事物电闪雷鸣,起义给世界看

梅一梵

日出正好爬上顶峰

我迈步上山的时候
雾气刚刚撤离
一位红军战士，在拐弯处
酝酿星星之火
一群朝气蓬勃的小学生
戴着红领巾，在纪念碑前
演讲，敬礼

兰花和杜鹃花，静静地香着
红色和绿色，翻涌着浪潮
那些坚定不移的革命信念
已经站成石头
那些艰苦卓绝的精神
还在继往开来

就让深山含笑
把美丽和高洁，坚持到底吧
就让拖拉机和水车
不忘初心，奋力前行吧
我要在山腰上，等一等

等瀑布把彩虹，晾出来
等五指峰，向我挥一挥手

等太阳这只穿山甲
在我面前,抱成通红的一团

等我,等累了
找个支点坐下
让挂在悬崖上的栈道
穿过溪流和竹林
到一所故居前,来接我

这时候
日出正好爬上顶峰

旗　帜

它,被冲锋号追着
被一个人举着
并,领着一群人奔跑

它,在看不见的战场上
在宁静的天空下
带着子弹突围

它必须忽略
随时倒下,又被另一个人迅速举起的过程
它必须具备
孤注一掷,却众志成城的信仰

在井冈山革命根据地
我投身于它的火海
卷曲，舒展；飞升，降落

落在石头上
落成一尊
迎风招展的雕塑

聂学锋

榉 树

在五里排，我从云间不断上升的尊崇中
领略了世纪的风骨与高度
摇荡我眷念的华盖
能听到镇住山峰逶迤的声音
高高扬起的树叶
在伸手可及的蓝天里发出欢笑
把昨天的重负卸载在弯曲的小道上

远遁的炮声，莫不是昨日的叮嘱
一根扁担独立天际，刺破云天
一根根扁担，一声声不屈呼唤的声音
早已化作风声雨声琅琅读书声
又一个季节下的高处
百年的根系托着百年的梦
在时光的长廊里
又一次像举起火把那样举起太阳

彭 力

母 亲

喝乳汁长大的
在草地上端着木碗
碗内的白晕
和血
一样没有声响

和所有的蒙昧不同
在歌颂黎明时
我要歌颂母亲

母亲是水，是摇篮
是遨游九天的神凤
是万丈山崖间的星星之火
唤醒了沉睡千年的
东方的雄狮

乌云下
连夜奔波的母亲
身上流动着熊熊大火

乌云下有两只豺狼
掠过山岚
有的撕裂红杉

有的逆风而行

那献给死神的死亡之树
必将失败
而母亲——火——必将焚尽囚牢和枷锁

当映山红开遍白骨堆砌的山涧
魑魅魍魉也因你震颤
甲子之后
曾经唤醒的雄狮
岿然屹立在世界之林

那些洒下的鲜血
汇成一条路
我们各自珍藏
黄河、长江或井冈山
的孩子，在河流山川两岸
建设名为"富强"的路

就让我这样把你们包括进来吧
让我这样说
母亲并不孤独
母亲的心房里
一共有两个人
红星和革命
北京和井冈山

彭文斌

大仓最闪亮的一页

横江石桥比人们的记忆还古老
毛泽东与袁文才在这里
第一次握手,是它记忆中最闪亮的一页
林氏祠堂打满补丁
关于 1927 年 10 月 6 日的情景
每一片瓦每一块砖
都铭心刻骨
井冈山道路由此走向历史的峰巅

杀肥猪、喝米酒、剥花生瓜子
毛泽东和他秋收起义的战友
那天成了这里最尊贵的客人
袁文才与他欢天喜地的父老乡亲
把所有的房子腾空了,把心也腾空了
他们要请自己的子弟兵住下来
请中国的未来也住下来

一支崭新的部队终于卸下了重负
医院、被服厂、修械所和留守处
像竹笋一般长在山间
炊烟忽然密集起来,军号吹醒了沉睡的黎明
苦难里的光阴从此有了暖色

如今两棵桂花树依然开着繁茂的花朵
美若云霞,像有千言万语要诉说
林家吊柱楼凝视伸向远方的路
它在等待一串脚步
敲响耳鼓,让沉寂的山村再一次沸腾

彭正毅

新时代的杜鹃花

应是杜鹃福地。十万云锦,十万鹿角,十万猴头
五百里,三十个杜鹃族群。笔架山名曰:杜鹃山

应是女儿摇篮,遍写妖娆
杜鹃花,仰起胭脂的脸,挥起描红的手
万紫千红,丽象,风流。引无数英雄竞折腰

曾经,漫山红军火种,遍地红歌信仰
竹阵集群,缨枪集结。为风雨如晦送去红星峥嵘

曾经,山头鼓角相闻,山下旌旗在望
五百里杜鹃,扛起雷霆、闪电,紧握镰刀、斧头

土地革命。井冈山,杜鹃花喷薄的地平线
是五千年史诗峰回路转时,跌宕起伏的红色意境

井冈山四十年。五百里杜鹃,异彩纷呈
盛世中国在杜鹃花复兴的恢宏叙事中写下图腾

杜鹃花,温暖的手,不仅在春风里传递幸福
也在携手衰败的事物
重获生机,构建欣欣向荣的命运共同体

比如，杜鹃花和倒塌泥屋在一起，和佝偻的守望
失衡的路基、卑微而柔弱的小草在一起

和喜气洋洋的时代一起，碰响寒竹、苦槠树
半枫荷的寂静
和山背、山坳一起，重温红米饭南瓜汤的初心

井冈山，不能有杜鹃花脚步断崖的地方
泪水悲悯的地方。即便起伏，也是明媚的起伏

新时代井冈山，春风浩荡，杜鹃奔跑
更多的杜鹃花，看见
梦中拐弯的地方，还有看不见的瘦弱的山路

看见驻村干部，志愿者，扶贫攻坚
在仄暗屋檐下，把自己开成朵朵明亮的杜鹃花

现代农业，层楼更上中生产方志。小块野蓖麻
野菊花的贫困，已被阳光精准抚慰

第一书记们，用融合的手，拉住
松树兄弟，翠竹姐妹，拉住柑橘、油茶、石鱼
石耳，原生态的宝贝
组成专业合作社，特色农家乐，深度大开发

一块块贫瘠的滑坡地，一首首伤感的莲花落
这一次，终止了代代相袭的意义
在春风中，用杜鹃花，用国家意志写下：脱贫

黄洋界、五指山、旧址群、茅坪八角楼
再一次，突出重围，跃上快车道
在春风中
用中国力量，用特色社会主义写下：旧貌换新颜

新时代井冈山，艳阳正好，杜鹃花繁
更多的杜鹃花，看见
大小五井、龙潭、桐木岭、朱砂冲、龙庆河
拔节扬花，尊严上升，身披锦绣

看见人间正道，一个都没有落下
连沉默的石头也奋力前行，看见
五百里沃土在数十万杜鹃花的大爱里，漫绣风华

漆宇勤

从井冈山到延安

最开始在上海，最开始在安源
最开始在八月一日，最开始在九月九日
然后到井冈山的竹海与松林间出没
两万里的山河用脚步丈量之后
到达陕北，最初住下来的安定是个好地名
之后的保安也很好，再之后在肤施扎根
延河的水养活小米南瓜和土豆
延河的水也养活井冈山跋涉而来的脚步

土里凿出窑洞，也凿出一个国家的雏形
从井冈山到延安
走过万水千山，走过寒暑交替
革命的经验是，走到哪里脚步都不要停
因为落脚点踩实之后就是出发点

多年前，学武的师傅一直如此教导我
他说人的一生，最重要的是找到一个借力点
这样就可以把拳收回来，再打出去
挥出闪电般的最凌厉的一拳

从井冈山到延安，就这样长驱直入

然后跨黄河，过长江
到天安门的城楼上举起一个民族的未来

靠山而居

找一处地方，比如找井冈山的一小片土地
后面必须有山，前面是小小的平原
东西两侧我种植三亩竹木
竹林旁最好有水流潺潺，鸟语花香
然后我建一座干打垒的房子，安顿余生

在靠山而居的土地上播种小青菜
只过春天和冬天
阳光下面读长长的散文和短短的诗
雨夜深处编浅浅的乡村故事
给窗外每一种啼鸣的鸟雀重新命名
给小路上每一种野花找到植物图鉴

在井冈山的怀抱安居是幸福的
任何一个村子，任何一处风景的发源地
都可以入画，入诗，入外来者的胃口
如果你来看我，我让你坐树下的一架小秋千
在满山的暮色里讲讲生活如何慢下来
如何在秀美的山村里，让生命开满繁花

或者我们在竹林里坐下
你讲述你的繁华，我珍藏我的寂静
这庞大的井冈山
每一道缝隙都可以是灵魂的憩园

樵　夫

死难烈士万岁

一鞠躬，二鞠躬，三鞠躬……
在北山烈士陵园祭厅里
我们肃立、默哀
面对着四万八千烈士的英灵！

死难烈士万岁！
戴着红军帽的小姑娘
讲述着先烈的故事
带你穿越血与火的年代

一双草鞋、一袋干粮
是他们全部的行囊
年轻轻的生命
慷慨留在了这悠悠山冈
点燃燎原之火
把布满乌云的天空照个透亮

他们也是普通的人
有家，有妻儿老小
是信仰给了他们力量
正义的感召
奋不顾身向前
哪怕被罪恶的战车碾压成血浆

同志们
在罗霄山脉躺下的烈士
整整三万余人没有留下姓名
我们不知道他们来自何方
四万八千烈士的英灵啊
他们的生命，他们的血
化作了井冈山的风，井冈山的雨

三月的茨坪
总会有云雾伴着细雨
我的心，因此而潮湿
仲春来了
渐暖的阳光里
杜鹃花又将满山开遍

安息吧！
死难烈士万岁！

如月之月

黄洋界哨壁回音书

几乎寻觅不到曾经受惊的那一群鸟
投入林间的只有天空滴落的阳光
清脆婉转地向我们转述着什么
我们成了另一个时空的见证者

一面旌旗在对面山巅上鲜红的呐喊
绵延山谷间几万雄师铿锵的回音
在风的呜咽中清晰可辨
那些排山倒海的树木，静悄悄地
屹立在险峻的哨口，头戴钢盔
凝神戒备，随时准备致命一击

子弹嗖嗖地擦过树梢，隆隆的炮声响彻林间
风中千万头狮子的低吼声，绕过炮台
向蒸腾的大片云海致敬
他们摧毁，他们建造，九重天决堤
混沌的天地间获得一束天光
青山未老，人间尚安

山水静美如一座神殿

一个草板鞋底编上几根细绳
就成了所谓的草鞋
它展现在一群孩子面前像一个古老的寓言
历史的墙面返照在镁光灯下
孩子们由一群叽叽喳喳的小鸟
变成最忠诚的倾听者
他们从不打断讲解员的滔滔不绝
间或低头打量自己的脚下

一双草鞋静静地泊在
井冈山革命纪念馆陈列橱窗里
像泊在风雨初歇的港口
一场战乱后的宁静收容它
那些坚定从容的脚步声悬在耳边
红军曾穿上它翻雪山过草地
他们依靠内心的那一抹光亮的信念存活
并行走在险山恶水之间
他们露出紫黑的脚趾，踏出一条曙光大道
万物肃穆，山水静美如一座神殿
沼泽地上茂密的野花开出庄严之美

沈志平

致敬井冈山
——于井冈山在全国实现率先脱贫"摘帽"一周年之际

一

你蛰伏在罗霄山中段
等待了亿万年的时光
只为际会1927年的
一次拯救
一项使命
一桩奇迹
一场辉煌
一位诞生于12月26日的汉子
从那年秋收绝望的阴冷里走来
携带南湖红船的秘密
率领血泊里刚刚爬起站直的战士
孤独、忧伤、焦灼地打量大地
步履坚定地把罗霄山丈量
一面中国工农革命军军旗
闪烁在中国的山坳
红色在北纬26.34°、东经114.10°的地方渲染飘扬
一个曾在欧洲徘徊的幽灵
与中国大同小康理想交融
终于在一片最恰当的地方着床

二

于是，三湾改编确定了党指挥枪与民主建军思想
于是，荆竹山雷打石锻造了人民军队的铁纪纲常
于是，茅坪、茨坪燃起照亮中国革命胜利道路的灯光
于是，大小五井呵护燎原中国的火种
于是，五大哨口拱卫五角星的光芒
于是，中国共产党的基因得益于红米南瓜的喂养
硝烟与曙光一起升腾
信念与岩石一般坚强
井冈山第一次传播名声亮明身份
有了第一海拔，有了强大磁场
历史将井冈山注册为
摇篮、圣地以及
伟大精神的滥觞

听，黄洋界保卫战的那枚炮弹在西江月里炸响
中国革命征途上耸立一个惊叹号
井冈山，被一位诗人命名在他气吞山河的文稿中
并且三次用标题形式安放在他的词章里

看，人类文明史庄重收录
有关井冈山的词汇和一个民族复兴滥觞期的影像
朱毛、红军、"共匪"
龙源口、黄洋界、八角楼
根据地、游击战、反围剿
三湾改编、砻市会师、
土地革命、红色政权、
农村包围城市、武装夺取政权……
与巴黎公社不同
与十月革命不同
一支潜伏、成长于丛林

从杵臼时代的山地汲取营养的队伍
开辟出一条中国特色道路
井冈山成全了中国革命
中国革命成就了井冈山"天下第一山"的荣耀与辉煌

三

历史不能假设但可回望
岁月不能倒流但应打量
1927年从井冈山发端的道路，
牵引着中华优秀儿女
九九八十一次的探索、叩问
九九八十一回的徘徊、思量
九九八十一个岔路口的选择
九九八十一次转折点的碰撞
终于抵达
穷人腰直、人民当家
民族站立、国家富强的梦想

在一次伟大政党百岁前夕的党代会上
新一代人民领袖黄钟大吕的音质
强调初心
放飞梦想
"两个百年"的主张
全球瞩目
新时代的思想
世界传扬
领航人为中国导航
中国为世界提供正能量

2016年2月的井冈山
零距离聆听总书记拉家常
叮咛嘱托在罗霄山脉回响

五百里井冈更添前行力量
18万井冈儿女立下军令状
"率先脱贫上做样板
传承红色基因上站前列
绿色发展上当先行"
向贫困宣战
交出解答世界难题的答卷
脱贫奔小康
完美实现红军英烈愿望

井冈儿女将初心擦得比任何时候都亮
昔日沙场摆开了脱贫攻坚战场
全体动员
篦梳那隐蔽在山脉皱褶里的贫困户
小康路上一个不能少
这可事关党的宗旨与小康的质量
调兵遣将
"红蓝黄"卡、两不愁、三保障
产业扶贫、安居扶贫、保障扶贫三大战役齐上
挖掉穷根
拔掉裂了缝的土坯房
迁了地质灾害威胁下的村庄
用最饱满的热情聚全社会之力织就保障网
再不会有人因病因突发事故落入贫困魔掌
贫困户小孩上学免费为的是斩断贫困隔代传递的魔障
山区老年公寓以星级的标准呵护孤寡鳏独免受凄凉
用最丰富的创造性，整合所有的资源要素
输血造血、志智双扶
探索变资源为资产，变资金为股金，变农民为股东的路径
老表破天荒成为股东，收到租金，进了定时发工资的农场、工厂

战火洗礼过的井冈山
最绿的山

最清的水

最甜美的空气

红军后代在此惬意地劳作生活

外地游客贪恋这世外桃源的景色

怀揣初心的人们来此清心、明目、洗肺、吸氧

见过世面的文人骚客说真不亚于欧洲小镇的模样

不是所有的纪年都有意义

但是 2017 年

地球的这个经纬度发出一条消息

引爆互联网吸引全球目光

井冈山宣布在全国率先脱贫"摘帽"的喜讯

是伟大国度国家战略第一场大捷

是祭奠 4.8 万名红军英烈的最好辞章

人类史册上必有这样的段落

一座山

孕育中国道路

成为马克思主义中国化的土壤

一座山

报道贫困宵遁

为世界减贫难题的中国答案贡献了智慧与力量

一座山

新华社年度"十大新闻头条"、

"中国改革十大典型案例"双双上榜

致敬，1927、2017

致敬，井冈

盛 婕

行走井冈山

来井冈山，可以乘火车
飞机，或是大巴
可以驶过高速的盘山路
在十一月的水杉前，停下

要去挹翠湖，做一个落水的人
化身成一尾鱼
在湖里交出最后一次呼吸
要去买一束金钩子
好把井冈山嚼了又嚼
要去烈士陵园走一百级台阶
吞下一粒火焰，振臂为翅

要把风中千万枚松针的招摇
摁进月光打碎的夜晚
和着三月的雨，调成灰蓝
来井冈山，要带走这必不可少的流行时装色

在井冈山，行走是缓慢的
要安抚一行草木的伤痛
询问一孔石桥的苦难
追随一只蝴蝶，寻觅尘封的战场
要挖出一堆疲惫的足印

用红旗装裹

要告诉黄洋界的炮声

太阳底下的井冈山长出了新绿

行走在井冈山

可以弯下腰，听一颗子弹的呼啸

在杜鹃着火的季节

用一个微笑，捂住胸口的心颤

穿军装的人

星期六，适合去革命博物馆

或革命旧址，度过一天时光

这是在井冈山茨坪，一个穿军装的人

就这样被另一个穿军装的

叫作萧劲的男人

吸引：他一手塞回从肚子里流出

的肠子，另一只手高高举起来

企图挣脱地心引力

向天空索取闪电和惊雷

穿军装的人在革命烈士陵园

他必定沉默，在英雄们的名字前沉默

穿军装的人站在纪念碑前

摘下碑上的一簇火焰

紧紧地，按在帽子中间

穿军装的人，向雕塑园里穿军装的雕塑敬礼

只有松柏知道
英雄的回应是无言的赞许

还可以去八角楼，点亮一盏清油灯
井冈山便再一次亮了起来
穿军装的人
穿过黄洋界的日出和日落
会发现红军的扁担和草鞋，落在宁冈的
挑粮小路上，它们正等待你
把担子挑在肩上，继续前行

来井冈山，不妨穿上一套军装
走遍它的任何一个地方
这里的一草一木，都会敞开炎热的心胸
把你抱在怀里

石立新

井冈山红杜鹃

人间四月天，井冈看杜鹃。

——题记

玫瑰迷上了爱情，牡丹投奔了富贵。你——
依然每一年，都在巨石的头顶上嘹亮地歌唱。在寒风中醒来，
忠诚地把春天点燃，是你的责任。

五指峰上，云岚与葱郁、巍峨战友般紧紧拥抱着，
苍山如海，旗帜一样醒目的黎明里，没有一瓣怒放是多余的，
坪水山、龙潭、水口——山歌一样澎湃，这无边无涯的烂漫，
要红就红得鲜衣怒马，
要白就白得触目惊心，
要粉就粉得没有藩篱。

像英雄，被钢铁的硬度和刀锋的弧度淬炼着，
像女孩，被天真的纯洁和迷恋的神奇驱使着，
像幸福正酣的朝霞，不会迷路的火把——春风沉醉，杜鹃十里，
在井冈，没有什么能阻挡杜鹃热情的好奇的奋不顾身的脚步，
在井冈，杜鹃，是呐喊和冲锋的原色，是精神与信仰的告白，
是被苍山庄严命名的誓言。

在黄洋界聆听炮声

八面山、双马石、朱砂冲、桐木岭，
远远望去，所有的耸立都是彼此的聆听者，未曾说过痛字。

最冷的时候，就用影子抱一下自己，
小战士对连长说：黄洋界的月亮，夜里能闻到妈妈的味道，
滚木礌石、土枪土炮对美式武器实施着艰苦卓绝的反围剿，
光明对黑暗的必然解放。黄洋界，牢记着每一滴功勋之血。

穿草鞋的军人们，脸庞上刻着岩石浇铸出来的英武，
战壕里、沟壑边，他们的身躯亦如魁梧的岩石永不退缩！

他们眼里的星星之火亮如星光，是任何风都刮不灭的，
他们红色的旗帜镌刻着镰刀斧头，他们的名字叫工农红军！

这些名字构成的山峦，有着比罗霄山脉更伟岸的海拔，
让我们能够在黄洋界自豪地聆听胜利，并说出今天的意义！

颂词：井冈山精神

天地生，苍山立
五指峰、黄洋界、领袖峰、荆竹山、五龙潭、杜鹃山……
来自觉醒与拯救的坚决递交
这些，被我们视之为永恒星辰的名字
这些，配得上旭日加冕和浩瀚触摸的名字
红旗在风中山脉一样飘扬
巍巍井冈，星星之火燎原的摇篮
它的灵魂、骨骼，筋络由正义组成
源头的赋予者，胜利是神圣的
枪声和硝烟的洗礼凝成最崎岖的险峰
铁流般的队伍前赴后继如苍山绵延
光荣的奠基，注册是有迹可寻的
没有一座丰碑能脱离祖国和人民而独自长存
包括未来、使命、梦想
竹海低吟，杜鹃漫卷
在伟大的航线中给未来以指引，以照耀
有一种精神，叫井冈山精神

孙大顺

杜鹃山记

遇见日出,必定有风吹过
峰峦仰首,总有一面开小差的陡坡
需要一朵小花开放的时间
学会告别与叹息,原谅云海
把纤尘不染的光线留在天上
溪流与清泉,请求清澈斧正。浆果醒来
迎头撞来的空气,清新得不像是人间

鸟鸣拉近七大峰,不能迁徙的间距
沿着时光倒影,五潭十八瀑相互雕琢
完成悲喜交织的诞生
茂密的常绿阔叶林,在变换的季节
假装没有感伤,没有使用赞美
攀缘的藤蔓,歌唱的虫子
那些低处的灿烂,从未停止艰辛的扩张

杜鹃漫山遍野,竞相开放
毫无遮拦的繁茂与艳丽,替笔架山喊着
替八百里春风吹着,替红色井冈山爱着
气定神闲的云朵
像蓝天的伤口,不能老去的惆怅
在杜鹃山,一定要把满眼苍翠的夏天喊来
把层林尽染的秋天喊来,把冰雪压枝的冬天喊来

每页春风都不如你

光影拂去缠绕山峰的云海
从天而降的杜鹃,让流逝有了色彩与形状
月光磨损春天,济世的雨点像药片
井冈湖从不弄出声响
把手工编织的寂寞,让给路过的云
画眉与山雀,一样没学会隐居
一生有数不清的歌声,还不清的债

在井冈山,无数在血水里傲立的人
替光明行走,替劳苦大众战斗
那些从不低头,从不回望的人
错过了天街、观音峡、五潭十八瀑
错过了新鲜的光线与空气
饱满的井冈山,安详,静美
红豆杉与银杏从老照片里长出来
恋爱的斑鸠,在香果树的枝丫跳跃
纯净的凤仙花,像几行无题的抒情诗

群星缄默。最亮的几颗
就是井冈山的守护神。寂静的夜晚
窃窃私语的声音从天而降
那时,银河低垂,草木恭敬,峰峦肃穆
龙江书院岑寂无声,八角楼金质的光芒
照亮黑暗中的祖国

在一个推迟的午后,大自然的鬼斧神工
惊世的美景与传说,把我双肩压低一寸

你好,井冈山。每页春风都不如你
阳光濯洗碑林,墓碑镌刻誓言
我熟悉笔架山的苍翠,罗浮水库安详的呼吸
桐木岭不能隐身的痛苦
以及千万次春风之后
五指峰借星辰和露水,旗子一样耀眼的伸展
现在,花香鸟语慢下来
在手指的方向
站着早些年走失的清瘦时光

孙小娟

黎　明

是枪声打破了这里的宁静
是枪声宣告了这里的安宁
在革命博物馆，解说员所指之处
模型山脉黛绿的边缘，小红灯逐排亮起
这里山势险峻，层峦叠翠
喘息声，以及沾着鲜血的足迹
很快便被遮蔽。看起来没有任何破绽
没有什么需要掩盖
群山露出镇定的前额，倾听
敌人的哀号在深涧响起

重上井冈山。莺歌燕舞
在流水潺潺中，传唱红色的过去
凝神静听，天街的风声雨声、喇叭声
以及一波一波虫鸣
都试图模仿黄洋界的枪炮声
在寂静中响起，又一次次静下来
稍息，再一圈一圈荡漾开去
星星已隐匿。当曙光再次降临
更多的人奔向这里
思忖光荣、责任与使命

七点三十分

金色朝阳洒在红豆杉高高的树梢
然后光束下移,慢慢地
落入我仰望的双掌
一只即将坐化的蝶,也张开了双翅
翅羽上细细的露珠,刹那间
折射了群山的秘密
我重新凝望这山峦,果真
泥土垒就的基座,更加清晰迷人

公路上依然没有足音。但是花朵们
开始正脸朝向我掌中的阳光
当我拿出相机喊"预备"
她们早已摆好姿势
有的温婉娴静,有的青春俏皮
伫立在蝶翅旁边,个个憨态可掬
我使劲憋住笑。四周这么静
我实在不忍发出声音

黄 昏

暮晚降临，虫鸣奔涌
你不必惊诧它们来自哪里
表达着什么。在这密布的绿荫里
英雄的故事，脉络清晰
但它们更喜欢在山林中耳语
夜读或诵诗，趋近叶片的轻盈
和谐生态中的小确幸，如果你想听懂
可以请星星和月亮来翻译

山坡上的苞谷地也是好翻译
但它厚重寡言，静守着
茨坪的老房子。看房顶炊烟升起
仔细辨识柴火炸响时，是否伴有枪声
脚步声、犬吠声，直到
小山村重新回归宁静。汩汩清泉
流入苞谷地脚下的溪涧
滚滚向前，奔腾不息

万洪新

井冈山上映山红

那温暖的红
那热烈的红
那万水千山只等闲的红
那人间正道是沧桑的红
那春风一挥手
就红透八百里的红

像撼人心魄的鼓点
把自己全身的骨头点燃
像数以万计的红旗
迎风飘扬在同一个高度
像浸泡过太多鲜血的这片土地
铺天盖地，向天空呈现光芒

为迎接一个崭新的时代
它们燃烧！如火焰腾空

万建平

浩浩凌云志
——读毛泽东《水调歌头·重上井冈山》

那一年，你七十二岁，年届古稀
心里装着一个沉甸甸的国家，登上了井冈山
那天，山上云霞漫天，像你的沉思
一头系着五指峰，一头翱翔于天地间
古今多少事，都朝着你的胸壑汇聚
那天，阳光灿烂，像你的笑容
驱散云雾，将漫山遍野的杜鹃花点燃
这是你三十八年前，亲手播种的星星之火
从井冈山引领着一个民族走出了重重黑暗
念一声"过了黄洋界，险处不须看"
你的胸怀气度高天远地、云水苍茫
诵一遍"三十八年过去，弹指一挥间"
从未释怀的凌云壮志和刻骨铭心的思念
临风矗立在古老的词牌下面，豪迈而又缠绵
你的情怀让春风动容，令峰回路转

相比第一次登上井冈山，这一回
你显然多了几分豪迈，几分哲思和几分从容
这是岁月赐予你的人生财富，你心怀天下苍生

又将一切赐还给了你的人民和如画江山
因了你俯视宇宙和历史的胸怀与目光
井冈山变得格外巍峨雄伟、格外神圣庄严
是你赋予了井冈山的万丈豪情
引领中国人民"可上九天揽月，可下五洋捉鳖"
是你赋予了井冈山不屈的意志
嘱咐华夏民族"世上无难事，只要肯登攀"
笔落惊风雷，诗成泣鬼神
巍巍井冈山，赋予了你不朽的风骨
赋予了一个国度的磅礴大气，坚定自信

这是你的"故地"，也是新中国的摇篮
当井冈山成为一种象征，你也不仅仅是你自己
而是我的庙宇，我精神的皈依
是我高高的信仰上一丝亘古不灭的悲悯
我在你的宏观世界里目睹了风云的变幻
我在你的微观世界里领略了人心的开合
我在你的诗词里欲罢不能，百转千回
你的王者霸气、平民情怀、家国爱恨、人间忧乐
透过一纸墨香、一炷檀香、一种意念
每天准时敲响我灵魂深处的晨钟与暮鼓
浑厚的余音在天地间回荡，致远的宁静
像山河的回音，从四面八方回归到我的内心

此刻，我面向井冈山，打坐在诗经的蒲团上
左手轻掩唐诗，右手漫卷宋词
心里默诵着你"高路入云端"的雄奇意象
恍若身临其境。我像一个虔诚的信徒，认定了
你洞明古今的思想和哲理，就是我必修的经言
青灯之下，我心净如洗，倾听你大笔如椽

赋予井冈山一阙万民仰止的凌云志
我想我必须按住"到处莺歌燕舞，更有潺潺流水"的春风得意
才能心如磐石，承受云卷云舒中的风雷磅礴

万千

为毛竹的风景

毛竹是黄洋界忠诚的守望者
将井冈山美丽的家园守望成翠绿的风景
起伏的竹涛在阳光下涌动闪光的诗意
坚毅的目光闪烁着一片柠檬色的梦幻

梦中有环绕竹林飞翔的阳雀鸟
在这片绿意里寻找民族的歌谣
当传统的国风将竹林吹成悲壮的排箫
那赤色的韵律便升腾为天边的火烧云——

挟裹着雷霆的阵容和泣血的呐喊
锻铸成中国革命沉重的"卷首语"
辉映箭簇的光芒和旗幡烛天的怒吼
轰隆隆定格成抒卷刀风剑雨的猎猎硝烟

为毛竹的风景如避雷针吸引着雷电
所有的根须集结托起雄伟的烈士纪念碑
固住我们心之原野的思想泥土不被流失
将共和国版图的颜色守望成不凋的青春

挺拔成阳光下绿透情感的炽热语言啊

我们的灵魂便感染得鲜亮透明
为毛竹的风景挺立黄洋界肩起世纪的风云
守望盛满阳光的大地上人民的事业
春笋破壳日复一日响彻拔节的声音……

万世长

比灯更亮的灯

比灯更亮的灯
从雄伟的罗霄山脉一直照到
祖国的每一寸土地

谁手持火种
把路留下来
把脚步引领至山顶？

而光芒萦绕在心头，暖流一样的光芒
普照大地
那么雄伟的山
我们都说是一只摇篮
我们守护
我们守护这一只摇篮，像守护灯
直到永远

一盏灯用光亮告诉我们
一盏灯告诉光亮
我们手握手
让路前面的人安心
让身后的人更坚韧和自信

汪　峰

红土地

红土地上面
长出红辣椒
红辣椒上面长出 1927 年

我家乡的昨天
人民最勤劳最困苦
我家乡的今天
百姓最安宁最幸福

吃红土的革命
长出红色肝胆
吃红辣椒的革命
长出
红色
政权

大　刀

一块铁

放在 1927 年的黄洋界

是一柄闪亮的大刀

一柄大刀

放在 2018 年的博物馆

抓铁有痕

大刀在手

不是你上断头台

就是我上断头台

三座大山压在头上

穷苦的刀

要高高举起来

刀口上是火焰

刀柄上是雷霆

大刀向白军的头上砍去

向恶霸地主的头上砍去

向鬼子们的头上砍去

砍去

大刀大刀

你要警惕

如果放在在蜜水里

放在烟酒中泡

你会生锈

汪吉萍

春风可渡

贫，穷，苦
借春风来渡，纵横八百里
点起一盏灯，就驱走一片黑暗
敬仰和敬重，我们都是你用热情所滋养的
不分年龄和贵贱
家是自己的家，国是自己的国
天下只有人民和公仆

曾经，也泡在水深火热中
有人振臂一呼，万众一心
就流汗，就流血，就立马横刀
出发，火在大地上蔓延
一道道亮光如月、如勾
向死而生，草鞋布衣可称主人
得、得、得
红星闪耀，一路马蹄声脆

奋斗四十年而情未央
一样的星空下
你从渺小变成了强大
一草一叶上都刻着古今和秀美
开始是光影绰绰
接下来，便是生生不息

爱穿过人们的身体

高高的山，大大的爱
小小家园宜歌、宜颂
热爱的人与你越走越近
在井冈山，我已不能再默默地想镰刀和斧头
我必须像前辈一样
学会互换心中的高山和大海
迎风而立

什么也不说
腾出身体里的金戈铁马
让春天生长，让歌声飞扬
星火燎原，八百里春风回应了多情的人间
四十年行进中
你把每一个穷人都当成亲人
为他们引路、立命

来了，所做的都是暖人的事情
阳光覆盖，鸟语覆盖
一声赞叹，必将先于遍地春色而穿过人们的身体
抬头举手间，苦难早成了过去
山川秀美，我只看一眼
就已大醉

星光引路

一段历史系住两头
中间全是闪光的面孔和身影
春天一直在荡漾
无法写尽古今，在圣地
匆匆行进的脚步没有停下来
就像你，无法停止自身壮阔的美

小桥，流水，人家
银子一样的月色，先用溪水洗脸
再翻一个一个小窗台
有星光引路
我们就不再是迷途的孩子
我们隐于身体里的精神和力
透过皮肤渗入脚下的土地
每一个眉宇间
突然，就多了一重智慧和色彩

再树一根标杆
挥一挥手，把贫穷还给贫穷本身
重新以秀美和幸福来命名
走向东，众多小情节不断被改写
故事完美了，而我们体内
仍有清脆的雪崩之声

汪雪英

红卡户

在白石垦殖场，彭运红的家
像被清水洗过一样
像泡在水底的树根，一清二白
彭家六口人，有三女，大女十三岁，小女七岁
彭妻陈小花，不幸患有肿瘤和喉结瘤
一场手术，花光了家里仅有的积蓄还举债
小女儿妮妮先天弱视
父亲过世后，他年老的母亲
几近失明，也需人照顾
所有的苦和累，所有的难和困
都由这个患有腰椎间盘突出的中年男人
背负着
这样的一个家
在2015年，彭红运家被评为红卡户
这时，扶贫干部井冈山市人大常委会主任谢福才
驻村第一书记李伟权
垦殖场帮扶干部梁建和、周伟
一同走进了他的家。为他排忧解困
他们是上级派驻扶贫干部，但他们更像亲人
给他分析家庭现状，以及致富的可能性
最后，拿出一万元扶贫资金
鼓励他，在自己的老屋散养土鸡
这吃谷物的鸡，价格贵到四五十元一斤

自然是不愁卖的
2016年，彭运红养鸡分四批次共八百五十只
全部销售一空，收入二万五千元，净收入九千
同时，还养家兔、土鸭
妻病愈后，被推荐到瓷厂打工
年收入一万元
这样，彭红运家年收入有二万八千八百元
人均收入超出五千元
一年就实现了脱贫摘帽
他说
任你有多贫寒，党的政策就这么暖心

宁竹英家的春天

宁竹英，一个年轻貌美的女子
那一年，她嫁到了瑶背村石盘头
日子，有苦有乐，有悲有喜
都以为可以相夫教子，幸福生活
可是，五年前，她永远不会忘记
她的丈夫，这个生机勃发的男人
却因病过世
宁竹英以泪洗面，成了一个苦妹子
她拖儿带女，艰难过活，辛苦劳作
后来，扶贫工作组来了
宁竹英被评为红卡户
享有建房补助，也享受国家低保
以及儿女救助金一年共四千余元

2016年,政府还为宁竹英代建了一层楼
今年,又帮她家补建了两层楼
并出资帮其入股村黄桃基地
家里也接上了自来水
这时,宁竹英的脸由阴转晴
曾经沧桑的人生,让她更懂得感恩

王　超

八百里春风，
井冈山上吹开梦之花（组诗）

点燃于井冈山上的红色火苗

罗霄山脉中一方清凉而俊美的土地
井冈山葳蕤千年的光阴，不只是日月星辰与斗转的天地
无坚不摧的铁器与火种，要从近现代史说起
大风起兮，硝烟淬炼过的一杆红旗漫卷着春风
春风八百里，号角响起，"星星之火可以燎原"

从农村革命根据地说起，枪杆子里的释义
早就在井冈山成为铁的定律，成为劳苦大众呐喊的强音
爬雪山，过草地，血染的风霜逸出革命的炽热火焰
从一个故事到另一个故事，从一个农村到另一个农村
从一个革命根据地，到另一个革命根据地，到百花灿烂的
井冈山上，宁冈、永新、茶陵、遂川——

怀揣火种的梦想不会熄灭，浪漫的悲歌并不凄凉
一句句血脉偾张的呐喊声，穿越丛林，穿越山岗，穿越
每一个革命志士与老百姓的胸膛，镰刀斧头开辟金石之路
工农武装割据从井冈山说起，擎起那面主宰命运的红旗
最初的梦想，溅起革命的力量与源泉，从此点燃燎原之势——

再从一位伟大的诗人说起，从湘赣边秋收起义说起
奔涌的大河，起伏的青山，在一望无垠的硝烟里聚齐万千灯盏
逆流而上，开辟崭新的革命的道路，游击战争，土地革命
红色政权如雨后春笋竞相生长，花儿灼灼正红，歌声溅起
澄净的浪花与火苗，"山下旌旗在望，山头鼓角相闻"
井冈山上，一册饱满热情的诗章布满辽阔的远方——

"星星之火可以燎原"，又将革命的种子深埋人间
青山绿水包蕴沧海桑田，命运掌握在自己手上，那就
将红色的泥土与绿色的敬意携手相牵，犹如镰刀斧头的感觉
在雄浑的根脉里雕刻光亮的丝绸与春天的花蕊，顺势而起
井冈山上，"千里来寻故地，旧貌换新颜"——

大小五井的传说

一个故事，就是露珠一颗，滴入人间的水
活了千年，大井、小井、中井、上井、下井
每一个"井"字葳蕤了千年，如一朵莲——

以前人间本没有莲，这是天庭的宝花
神仙眷侣也有爱，怎抵得过人间十里桃花，春光灿烂
这三尺深的烟火渺渺，男耕女织，举案齐眉的委婉
将二十四节气用爱书写成缠绵——

偷一颗天庭瑶池的莲子，思凡的春心荡漾
归心似箭，莲花上晃动的五粒水珠，幻化成
颗颗闪耀的珠宝，天堂上豢养的朵朵白云，幻化成
人间的猪、马、牛、羊——

天上虽一日，世上已千年——
一把火在人间烹煮岁月，况味悠悠
落入泥土的种子，生根、发芽、开花、结果
缔结人间的喜怒哀乐，悲欢离合——

大小五井让深浅不一的乡土，葳蕤成五光十色的梦
每一口活的井眼里，有水、有家、有乡愁
把血脉与前世的爱恋紧紧相扣，从身体里取出一种
疼痛，这来自前世今生的记忆——

井冈山上一抹红云氤氲着芬芳

把一抹红描摹在春天里，一声惊雷
写在清凉的井冈山上一笔火热的梦
隽秀的山河，灵动的骨骼，沧海桑田
用镰刀斧头的姿势，把人间的兄弟姐妹拉得更紧

井冈山上，一抹红云氤氲着芬芳
绿色森林，隐藏了太多的风雨如晦
披荆斩棘，开天辟地，时间在曾经的
烽烟战火里跌宕，爬起来，把岁月的歌声擦亮
让神州密布与命运作战的刀光剑影
吹起黎明前隐隐作痛的革命号角，一个
伟大的诗人，曾写下"星星之火可以燎原"

星星之火终于燎原了，笔架山
开满胜利的曙光，杜鹃花绽放到天涯
一枚血染的红旗，擎起大江南北，故国山河的
暴风骤雨，一浪高过一浪——
在这片熟悉的土地上，在九州九江的
来龙去脉里，一山锦绣，春光正浓时
星星之火永不熄灭，革命传统永不褪色

俱往矣，乘风破浪继续着凯歌
将梦想的种子植入山河的每一寸土壤里
铭记历史的疼痛，浇灌东方之红
井冈山上，正盛开一朵梦之花——

四十年春光，书写井冈山的精彩华章

四十年春光，我们感恩于岁月的馈赠
感恩于日月的附丽，感恩于井冈山四时不同的风采
一座山因爱得名，因为红色的足迹布满了英勇的故事
因为一切的一切，朝向前方的动力——

以井冈山富有的隐喻，八百里春风描摹的锦绣
践跻革命的征程，改革的号角继续吹响集结的引擎
万众奔腾入海，交织一片竹林般绿色的光
终归，走过一片版图的忧伤，到达辽阔的梦想

四十年春光，四十年披荆斩棘，护住山势的巍峨
变化的是前进的姿势与蓝图的形状，不变的是初衷
与童年的星空，那个最初的井冈山的模样
在每个人心中，走出去，再也没回头——

故乡的阔叶林永久地葱茏，落叶之下掩埋着英雄的种子
英雄从未断更，在一方雄浑的土地继续播种
龙江、郑溪、拿山河、大旺水、井冈冲还流淌着汩汩的诗意
血染的红旗与红豆杉、伯栎树、半枫荷擎起一样
壮美的高度，在绿意中回眸——

四十年春光，井冈山在一阕精彩华章里呼啸翻腾
泥土增加了它的高度，步履维新，花满幽径
人们安居乐业，奔跑着，幸福着并写下一首温暖的小令
怀抱一腔热血，建设美好家园，修葺属于自己的美意

四十年春光，释放动人的动力活力，践跻一个完美的梦想
低回婉转的情歌唱不尽悠悠征程，怀抱明月前行
把参参的风抛在脑后，止于飞扬的绝句，踏雪寻花
或流云悠悠的韵脚——

把绿色生态家园亲亲呵护

江右的风继续吹拂，故土长出红色硕果
摊开所有绿色的本质，满目葱茏
家园是一种持续的唯美——

一笔一笔，画出千里江山
一棵一棵，栽种初衷的树

行走于青山绿水间，用双手描绘
美好的日子，山高水长，日渐情浓
你看那樟树生长，杜鹃开花了
绿树红花装饰着我们的委婉的梦
故土家园一片欣欣向荣的景色

还给山以葳蕤，还给水以清澈
鸟语花香跃跃欲试，培育希望的新苗
浇灌绿色的蜜意，让绿色崛起，让梦想花开
让我们抵达安全、自然、持续、美丽的新世界

间不容发，朝朝暮暮，抻开山河旧岁
让我们把绿色生态的家园，亲亲呵护——

王泳冰

井冈山的杜鹃开了

即使料峭春风藏着刀刃
井冈山的杜鹃,依然不惧风寒
它们互相偎依着
绽放一个军团的焰火与芳香

山脊上,春光奔泻
嫣红的色泽
凝结一个民族不屈的底色
仿佛无声地告诉世人
在井冈山,漫山遍野的杜鹃花
是盛大的信仰
是一个个英勇抗争的人
他们掏出的,滴血的灵魂

一种崇高的燃烧
那么持久——
九十年了,春天的荡漾愈发炽热
以至于我现在看到
滂沱的杜鹃花海
禁不住心中灼痛,潸然泪下

别处芳菲自在欢
而在井冈山,杜鹃花领来的

不仅是八百里春风
还有，以铮铮岁月锻打的
铁质的春天与风骨

王科福

神山村的大拇指

　　2016年春节前夕，习近平总书记到茅坪乡神山村给乡亲们拜年，年过七旬的老支书彭水生向他竖起大拇指。

一群群人把你围住争着分享荣耀
与你那蜚声山外的大拇指合影
老支书你久久地竖起它
笑着挺立它从未有过的高度
仿佛要把一个至高无上的口碑
定格成山村的标志

我仔细端详——
粗糙厚实硬朗的纹路坎大沟深
提刀握锄耕种寒暑捋过杂草丛生
抓拿泥土和牛粪的第一五虎上将
当它迎着领袖的目光毅然站立
一定携着眼前圣洁的风水不屈的向往
和五百里井冈的巍峨壮丽

那一天应是另一次会师
老农的笑脸与领袖的慈祥会师
纯朴的乡土与关切的问候会师
奔走的身影在峰峦上欢呼又一场胜利
弯腰驼背的农屋挺直身板凝神眺望

打糍粑的木锤学着大拇指上下点赞
山脚田畴瞬间绽开花一样的景致
火塘的温暖团聚了幸福的分分秒秒
是由衷的赞许摁开了通向春天的初心

老支书此时你的老伴靠在门边
笑意盈盈瞧你宽厚地迎候游人如织
羞涩犹如新娘，我仿佛看到
几十年前你们婚礼上大红的憧憬
情不自禁我们一起竖起了
笔直的大拇指

雷打石

静默的虎伏卧庄重的岁月
重重叠叠的苍翠掩映了硝烟
却难以阻隔啸傲的声威
山风也销蚀不了雄浑
聚敛的光影布下雷电交加的沉积
我脚步轻举怕踩醒一截淬火的征途

慢慢靠近巨大的气息浮荡高岗
铁质的骨骼体态与深邃的神情
大气磅礴又留下细腻的跋涉
血脉纵横铿锵的解答仿佛沟谷激流
一遍遍冲洗丰碑的底座

而当我站立石巅
将灰色的红军服再次披挂
激情澎湃的肩头红旗舒展
犹如一阵电光击打
是远航到港的一叶方舟惊诧浩海狂飙
是沸腾后的警言锁定饮马山冈的从容
十万战士还在树根下安静聆听
聆听绚烂的杜鹃花如何开满钢铁身躯
五百里春天没有摇晃的声音

回望苍茫的荆竹山
我看到革命在一块磨刀石上
一次次把刀磨亮

王 琪

在黄洋界纪念碑前

1928年的枪声落了
为什么红军营房还在？
为什么五里排的槲树一直绿着？
为什么八面山上的座座山峰依然巍峨耸立？

在黄洋界，其实不必问为什么
那隆隆远去的炮声告诉我
那茨坪上空翻滚的密云和浓浓迷雾告诉我
这一切都是真的
就像恐怖而苍白的岁月终会远去
就像在时间面前，任何罪恶的真相都会大白于天下

我想在大井旧居前多坐一会儿
看霞云落满白墙绿瓦和大地深处
我要去百竹园徜徉一天
听花香鸟语中飘出红色的音符激荡心怀

在这和平的日子里
弥漫着的，是安宁与幸福
一闪而过的，是不堪回忆的过往

无论我转身或侧望

黄洋界纪念碑仍然深深地扎根于泥土

似乎，我再写一句都是多余的

但我每轻吟一声，都无不饱含对新时代的祝福

四十载：风中谣曲

这些年月

时有歌声飘过

我们走过的地方，有没有风吹过

山岭都显逶迤，草木依旧茂盛生长

四十载，不算太长

罗霄山脉腹地的那些青烟和露水

低低诉说着"峥嵘岁月稠"……

香果树站在那里一动不动

龙江一路欢唱着奔向大江大海

善良的井冈子民在生活的汪洋里安宁而幸福

那星光灿烂的夜空，像春风中送来的献词

当我毫无孤寂感

随着喷薄的晨曦与缓缓沉入湖塘的暮色大口呼吸

势如洪钟的时代歌音，跨越千重山万道水

和我这个北方人，仿若有了某种关联

这让我确信，我站立的地方，正是许多人还乡的地方

歌声飘过四十载

是激荡人心的四十载

在井冈山，它弥漫成烟火气息甚浓的日子

传递着久远的福音

仿佛也要把我这个年逾不惑的卑微之人

唱成了一个顶天立地的、大写的人

王兴伟

井冈山上万物生

一面飘扬的红旗插在山上,风在
某个隐蔽的角落苏醒,山川与草木苏醒
万物苏醒

人声在喧嚣中沉寂,星星在暗夜闪烁
两支队伍,两种具有相同命运的植物
合在一起,成为撕裂天空的闪电
大地苍茫,隐约的光是一枚
越走越锋利的棋子。人潮汹涌
山冈变得坚不可摧,石壁上刻下的汉字
是一缕,又一缕熊熊燃烧的火

生命宛如掷向天空的石头,高高抛起
又高高落下。即使粉碎
也溅出惊艳的火花,一段辽阔而深邃的天空
涅槃而生。有一种召唤
执着而明晰;有一种信仰,生死不惧
自由是方向,人间美好
是最大的梦

枪声其实是提前庆祝的鞭炮,炸裂的翠竹
在欢呼中挺进;在一页纸上写下不屈的诺言

从井冈山出发，一条蜿蜒的红河，而后经历
遵义、延安、西柏坡；滋养了整个中国

万物生长，万物都在朝一个方向
唱一首共同的歌

渭 波

岁月苍茫

此刻，我站在黄洋界
却不能替代那些结痂的裂岩
流水滑落沟壑的汩汩回声
一门黑炮的怒吼和沉默
一场烈焰的疯狂和熄灭

我眼前浮现了
红米饭、南瓜汤、柴刀、扁担、铳与枪
子夜的油灯
握在一起的手
团在土屋里的心

我不再臆测一只山鹰飞行的高度
一粒子弹决定一个人的生死
一个世纪所付出的热血铁骨

崖上的苍松
虚掩了
悬枝的蚁巢
而我，在站稳身影的瞬间
已错过太多的背景

那个伸手叫冷的冬天

那个伸手叫冷的冬天
北风把天吹得更空
把村野的寒光、灶火、稻草人
吹成国画的暖色
山峦无言,草木噤声
河流在拐弯的途中
被封冻

一根纤细的电线
试图把天空割裂
而一只硕大的乌鸦
停栖于此
更多的乌鸦
相继追随

那些在寒夜叫冷的乡亲、老表
多么渴望,一场大雪
把褐色的大地洗白
连同那群聒噪的乌鸦

魏洪红子

八角楼的灯光典藏一句秘笈

夜晚如磐一盏油灯预言黎明即将到来
八角楼外风雨大作而如晦
八角楼内一纸铺开飘摇的河山
伟人凝神在构思战地的烽烟和春天

茶杯中浸泡的苦涩中国在上下翻滚
身影渗透了墙上斑驳的时间
喝一口茶便品到了民族的苦难有多浓
穿过历史纵深的思想吐墨成风

红旗不会怀疑高远的天空
以迎风飘扬展示风起云涌
给河流的方向把脉校对口岸
乡村的炊烟升起山路上走着扛枪的人

从闪电中看到云背后的晴空
从枯叶中听到新芽绽开的钟声
将黑暗在砚台上反复磨研
挥笔抒写五百里的井冈龙腾虎跃

星星之火可以燎原
这是革命领袖对中国未来充满信心
八角楼的灯光典藏了一句秘笈
关乎岁月关乎朗朗乾坤

吴楚舒

继往开来，井冈新颜

初登井冈，崇赣鄱英雄魂，燃热血。
黄洋险峻，万夫莫开；
茨坪肃穆，指点江山。
但有信仰磐石坚，何惧万马浩荡来！

那一年，旌鼓寒沉，凝星星之火；
那一日，斗志昂扬，笑红日喷薄。

故地重游，喜满山红翠，换新颜。
赤焰熊熊不灭，红色基因，脉脉传承；
苍松岿然不动，新芽破土参天，焕然鲜活。

挹翠湖光山色，交相辉映；
青山莺歌燕舞，游人如织。
红米饭、南瓜汤，孩提稚嫩听往事。
瓦片固、新房坚，长辈欣慰展未来。

耄耋安居，因户施策，含饴弄孙，晚景如春。
科学种植，生态增产，旅游发展，居民乐业。
教育关怀，学子圆梦，齿少气锐，前途可期。
不忘初心，牢记使命，全面小康井冈魂。

这一朝，春归大地，共赴中国梦；

这一刻，丰收致富，荒地变金盆。

岁月冲刷，屐印渐淹，炮声消弭；
光阴铭记，红歌嘹亮，荡气回肠。
斗志勃勃，从未褪色，打磨数十载，愈发高昂。

井冈之高孰能斗，那是火炬生生不息，攀岩擎天。
井冈之秀何能竞，那是志士风华正茂，青春永驻。

铭记历史，不忘先烈豪情，不惧艰苦奋斗；
放眼今朝，茅坪神山笑语欢声，脱贫安居民众欣腾；
展望未来，勇闯新路，砥砺前行，行程万里，长风破浪。

吴树弦

井冈山的雨

雨水不会模仿北方的大雪,春风亦不会改道
黎明前只会更加漆黑,才能让闪电撕开一道口子
当空气弥漫了泥土气息,当鸟鸣替代神灵在枝头唱歌
当井冈山于氤氲中被蒙上面纱,赋予草木复苏的契机
仿佛这是来自深宫的圣旨,正在奔走相告
正在抵达生命之源,飘荡的云扯开黑纱露出容颜
犹如苍天派来的花仙子指挥着盛开的次序
延绵起伏的群山于若隐若现中,春天越来越近
破土而出的声音是朴素的乐章
当我沿着雨水的痕迹,朝井冈山深处缓慢而行
被洗去尘埃的石头纹理清晰,盛装新的露水
枝头粉嫩的芽苞,在风里像摇头晃脑的书童
望向嫩绿的浅草间小心翼翼的蚂蚁
我窥见了春天的秘密,继而虔诚地种下慈悲
然后继续走向春天深处,井冈山必然是
一段走不完的路,而我只能模仿众神耕作的方法
在雨后的井冈山中种下慈悲参禅打坐
既然长成春风渴望的模样,宛如《本草纲目》里的
草本植物,镇住经年累月的疼痛,换来空山新雨后
百花齐放,艳阳天

西 阔

井冈山简史

我们说到血时，山坡就开满了杜鹃
小米饭在体内转换成愤怒的火焰
我会指着一张打满补丁的图片
告诉孩子，没有前辈的
膝盖陷入泥土里，就不会在热血浇灌的地方
长出茂密的森林

带血的弹壳，擦得锃亮的步枪
长矛和大刀
以及埋在山冈上叫得出、叫不出名字的英雄
就不会有今天，"人民"这个词的诞生
一部民族被压榨，受难的屈辱史
也不会因此改写

我们说到无数的山川，河流
就会想起他们，穿着破旧的补丁摞补丁的军装
脚蹬草鞋
走过的苦难路
是的，要奋斗总会有牺牲，总会有
一些甘于为全人类呐喊
并付之行动的人
而当我们站在这片土地上，是不是
也会听到千军万马的厮杀声

看到他们悲悯的眼神
是不是也会在深夜,在一片林子里
又或者在一个小土坡,听到他们
头枕星空,发出为自由
为民族而战的悠远回声

我还能说什么呢?
当我的儿子问我什么叫幸福和信仰
我说孩子,请别忘记
当我的孙子问我什么叫幸福和信仰
我仍然说
孩子,请别忘记

西 月

红军阿哥你慢慢走

一

一颗星，是红五星
闪烁着启明星的光芒
一面旗，是红旗
浸染了鲜血和泪水
一首歌，是岁月的歌
融进了无限情和意
一方土，是红土地
前人抛下头颅，洪波涌起
留下一道精神长虹

二

五百里的苍山翠竹
几千里追寻的脚步
再穿一穿红军服，戴一戴八角帽
再吃一碗红米饭，喝一口南瓜汤
再走一走井冈路，看一看映山红
你的苦难、荣光
铭记在心，永远难忘

三

八角楼上的灯光啊
将革命的星火燎原
黄洋界惨烈的枪声
在久远的岁月中回荡
大井的青山里
长眠着一百三十多位烈士
他们面对敌人的机枪
选择了死亡
看,还有许多许多
年轻的母亲抛下了襁褓中的幼儿
新婚的丈夫离开了妻子
儿子告别了老母
山一程,水一程
革命的征途千万里

四

打开历史,长河奔涌,星光璀璨
青山巍巍,河流绵绵
"红军阿哥你慢慢走
革命胜利呦你回头
老妹跟你呦长相守
老妹跟你呦到白头"
烽烟散去
井冈山的歌谣还在我们心头
深情地飘荡

夏　维

语言中有硬度的我和中国

一个人听歌。一个人看日出和日落
一个人坐在房间里
饮清水，想象美好的事物
千里之外，井冈山在竹海波澜中摇动
我想象它的婀娜。十里杜鹃，迷人的词语
我想象一只鸟在我身旁的时候
潭水旋转。明媚的黄洋界，有一棵槲树

岁月是朵双生花
陌生的一面——铁在铁的锋利中诞生
国在写成国的汉字上巍然屹立
我给一个叫党生的朋友写信
我写到，白鸽子落在窗外的台阶上
它不吃草，也不吃虫。它默默地看着我读诗
如静置在我体内的镰刀

文竹经

第七天。我忘记了竹林的约定
但仍记得梦中有一个少年,和我说起
用铁锤敲打太阳的细节
我在竹叶上写下我的名字
云端的语调滑落
井冈山,井冈山,它不知我的过去
但我认出它身体里一枚纽扣。缩小的黄河
我记得它和一场雨相见的细节
雨水洗净我的影子
玻璃窗这一面是北方的街道,另一面是春日和墓碑

玻璃窗对面是朱砂冲。桐木岭
已经熟悉的流水
我和它们说起夸父逐日,说起我的心事
爱一个人或不爱都要在身体里藏下
蜿蜒的路。时间改变我的脸
但仍回到岁月深处
的洋桥湖。龙市,我去看一座石碑
那些迷惑过我的句子
仍旧很美,随着天意流动
我藏起无法说清的沧桑

湘小妃

杜鹃·星火

侧身行走于悬崖的花朵
有没有人数过它们的花瓣？
它们向五个方向张开
每片花瓣就是一只手指
它们也是燃料
一泼，就着火了
这些无畏的灌木
这些帽檐上的星星
这些嗤嗤作响的火种。在黄洋界，在茨坪
在滚动的雷声里
一朵杜鹃，点燃另一朵杜鹃
一颗星星，点燃另一颗星星
等到春风归来，呼啦一声
燎原啦，五百里山脉
变成红色的海洋

你认识杜鹃，美与真理的传道士
你认识火种，噩梦的终结者

圣地·红米饭

要这里的土壤,这里的气候,这里的靛蓝色对襟褂子
包头布下黝黑的面孔
才能种出这碗红米饭。才能让从四方八面聚拢的人群
果腹,生长出无敌的力量

才能把骨子里的红沁出来
凝成纯粹的喜悦。才能让果实更加饱满
"嘘——"赣江在倾听
旗帜,猎猎作响
火焰,翻山越岭

你知道万物依时而动
禾苗顶出芽苞,田野捧出果实
而有些人,吐出他们的肺腑

啸 鹏

炎帝来过这里

真的，五千多年前
炎帝来过这里
赤脚竹杖皮草裹身
黧黑的脸膛闪着光亮

炎帝咳嗽了
彭祖用井冈山的果子
天养圆木果子
给他治疗
炎帝上火了
火气很重

带火的炎帝
在树木覆盖的山冈
播下火种于地底
五千多年后
从湖南来的毛泽东
从土里挖出火种
越吹越旺
然后燎原燃遍了世界

那个时候我是尘土
藏在炎帝脚丫里

一粒小小的尘土
如今我还是尘土
井冈山上的一粒尘土

从茨坪到神山

山上有茨坪
山下有神山
从山上到山下
旌旗相望鼓角相闻

茨坪有街叫做天街
天上的街市
让井冈山人搬进了小镇

神山无神却像座城
城山层山神山
脱胎换骨的历程
车水马龙热闹沸腾

从茨坪到神山
井冈山人很神
一路走来
景色相望闹市相闻

熊雪峰

瞻仰一罐盐

在讲究清淡少盐的保健风尚下，
谁也不会去担心没有盐的日子。

年关来临，农村的竹篙上会晒出各种年货，
腌鱼腌肉腌鸡鸭腌蔬菜，
在太阳底下散发出浓浓的咸味。
在游子心中，
大抵年味，就是故乡的盐味吧。

井冈山，共产党人和人民武装的故乡。
在当年他们的心目中，这个故乡的年味，
却是刻骨铭心的淡和闻着落泪的腥。

一只鸟都难以飞进山的白色恐怖年代，
盐不只是调味品，也是小井红军医院的救命药。
用盐给伤口消炎，
就像用金银花煮水，给做手术的菜刀消毒一样，
让今天的人难以思议难以置信。
师长张子清将一小包盐分给了伤员，
自己却因为伤口感染而牺牲。

没有盐，不少战士浮肿、夜盲，
清汤寡水中，若有一点咸味，那一定是天下最美的滋味。

没有盐，山下群众偷着往山里送盐。
用双层水桶、中空货担、盛水竹筒藏盐进山的群众，
一个个被白军拦住杀害。
棉衣浸盐的民女聂槐妆牺牲时才 21 岁，
所以，当年井冈山的盐有烈士血腥味。

那罐埋在树下 30 年的盐，是红军当年分给苦难群众的，
敌人来时，群众把它当成珍宝埋藏，
这罐已经板结发黑的盐，在 1959 年重见天日，
成为国家一级文物，也成了全世界最有故事的盐。

瞻仰这一罐盐，
可以看到，在时光面前，没有什么是不能被腐蚀的，
盐的颜色与形状也不例外。
但是，盐的咸味却永远不变。

如果这罐盐能浸润你的心灵，启迪你的灵魂，腌制你的思想，
那么，你在时光面前，初心不变，思想保鲜就将成为可能。

做一根灯芯吧

在乡村点过油灯的人都知道，
灯盏必须要有灯芯才能点亮。

灯芯一头浸在油中，一头露在灯盏外边。
灯芯不过是一种苇草的芯，普通也不贵，
米黄色的，软软的，像海绵一样能吸水。

如果灯盏多点一根灯芯，
屋内就会多一份光芒，但耗灯油是毫无疑问的。

可是，井冈山英雄们宁愿用一根灯芯照明，
灯光虽暗了，省下的油却可滋润群众的心。
于是，减少几根灯芯，凝聚了无数人心，
于是，一根灯芯成了黑暗中的北斗星和黎明前的启明星。

井冈山的灯芯历经无数暴风骤雨依然长明，
井冈山的灯芯像火炬一样已经传到今天。
今天，我们离伟大的"中国梦"从来没有这么近过。

如果你是一个真正的共产党员，
咱们就做一根井冈山的灯芯吧。

徐国亮

老红军

从参军离家的那天起
井冈山，作为生养你的故乡
便成了你的胎记

你的皱纹，从井冈山
到延安，经过十一个省
翻越十八座大山
跨过二十四条大河
如果用信仰的尺子去丈量
你的皱纹，足足有
两万五千里

你的头发，雪山一样白
胡子，草地一样密
你把帐篷支起八角帽的形状
再大的风暴，都不畏惧

从回忆里捧出一粒粒红色种子
走向田间
种南瓜，种红米
你扛锄头的样子
依然是当年扛枪的姿势

枪，是你的另一半
枪口，是你的另一只眼睛

徐 勇

神山村

长久以来，我一直渴望移居乡下
移居一个四面环山的村庄

并非我对城市感到厌烦
相反，我现在每天都在为之奔忙

令我念念不忘的是，那里的天空为何这般
蓝？就像我光着屁股的童年时光

还有空中偶尔飘来几朵白云，也是来去自由
不像我，从来就不知道什么叫散淡

还有，那瓦顶上空升起的缕缕炊烟
总让人感到世间的温暖

夜宿新篁

多想就此隐姓埋名，让风月
不再与自己有关

择一间木屋，点一盏油灯
独自品茶与观书

书，最好是那种线装古籍
《诗经》或者《春秋》

伏案久了，就推窗远眺
让虫鸣分享此刻的宁静

倘若蜻蜓来访，就走出庭院
目送它掠过尘世的篱笆飞远……

许 军

科普：井冈翠竹

井冈翠竹，多为毛竹，禾本目，禾木科，乃中国特有
又名：楠竹、孟宗竹、江南竹、茅竹
高，且挺拔
广泛分布于井冈山的崇山峻岭间
象征着坚韧、坚强、坚定之品质

"天下竹子数不清，井冈竹子头一名。"
可以锯之，当罐盛水、作碗蒸饭
可以劈之，做扁担挑起重任、做武器抗击敌人

风吹过
雨打过
刀砍过
火烧过
只要春天来临，便又现无限生机
重重叠叠，郁郁苍苍，亭亭玉立

"我有胸中十万竿，一时飞作淋漓墨。"
五百里竹海：一枝、一叶，即撑起一片绿荫。而一身
清瘦骨
轻易不折

毛泽东与山

生于湖南韶山
毛泽东自小就懂得如何把山作为依托
毛泽东一生离开什么都行
就是不能离开山

从1927年到1935年
毛泽东在与对手山上山下几经周旋之后
最终才在一条二万五千里的崎岖小道上
找到了一线生机

从娄关山
到乌蒙山、夹金山、岷山
再到六盘山
一山更比一山高，一山更比一山险
毛泽东脚穿布鞋
大步流星走泥丸

在所有翻越过的山中
浪漫主义的毛泽东唯对江西井冈山
情有独钟
井冈山由此在辽阔的中国版图上
变得格外峻峭和伟岸

许丽雯

小红军

你还记得一颗子弹的威力
还能一眼认出
映山红中灰白色的军装

你熟悉山上的每片彩霞，每丝阳光
和洒在花瓣上的颗颗水滴

村民们为你歌唱
你穿着笋壳子草鞋
绽放了一路繁花

你仿佛又看到了妈妈坐在家乡的矮凳上
想你
此刻，你想说

母亲，忘记我
去休息吧
虽然山坡上伏着你安静的小儿子
就像山腰安静的水
流向天空

许　敏

空谷幽兰

微雨。她又忆起幽谷里的鸟鸣
一切都将止歇，大地的疼痛与颤栗
这些翠竹、马尾松、冷杉、青冈栎、乌桕和漆树
又一次将目光投向深红色的土地
每一寸山河，都有新生和死亡的讯息
而河流从不衰老，它从山的腹地
蜿蜒而出，像沉默的火焰
在生活里卷起另一场风暴

一小穗野兰花借烈士的鲜血还魂
它顽强地推开压在身上的石块
阳光齐刷刷地照在新生的绿叶上
风吹过身子，如洁净的云朵
它不住地颤抖，屏住呼吸在听
一位瞎眼的老妈妈拉着士兵的手
"你们是不是民国23年从这里走出去的红军？"

"俺们就是那时的红军，现在回来了。"
攥紧那块浸血的石头
打辫子的女战士心房一颤
她经历着怎样的幸福与感动

空谷里的幽兰，嗅到火焰掀开瓦砾的声响
这是兰花一生挚爱着的土地
松林里回荡着银铃般的声音
"红——军——回——来——啦——"

许天侠

井冈山的两种质地

一

山连着山，绿衍生绿
从来是鸟飞鸟的，花开花的
这1297.5平方公里的土地
是本厚重的史册，从苦难到新生
每一页都葆有向上的力量
你可以不问前世
但必须，要懂得今生

二

在井冈山，必须好好地爱一回
从立足的大地，这深沉的红色土壤
再到风，自由的勇士们
我们可以谈笑风生，指认任何一朵云彩
可以抵近叩拜每一块岩石
像触摸历史坚硬的骨头
这些久违的亲人啊，都不再言语
所幸竹子长势良好
每年都有拔节的声响

三

井冈山,一场宏大的叙事:
峰峦、山石、瀑布、气象、溶洞、温泉
珍稀动植物,它们各得其所
双马石、桐木岭、朱砂冲、八面山、黄洋界
这些被革命点燃的关隘,至今灼热
松风摇曳,云海升腾
昔时的千军万马,依稀可辨
每当春天来临,杜鹃次第而开
星星之火,继续燎原
五指峰仍旧缄默,洞观天下
在井冈山,有两种质地
一种彻底的红,一种纯粹的绿

许　星

与一朵杜鹃花约会

去井冈山我以诗歌的名义
铺展蓝天为笺
写一封红色浪漫的信
与一朵杜鹃花约会

五月是井冈山的春天
轰轰烈烈的阳光走着我
曾经美丽的忧伤
那些在花丛中行走的人
总是把心动的目光放得很轻
很轻　激情的翅膀
惊起五月一夜杜鹃的喧闹
或看花朵起舞潮起潮落

与杜鹃花亲近丰满的琴声
让我无法闭目去怀想
一段青春的剪影和如火的岁月
只闻到她温暖的体香
纷纷盛开的花朵
都是井冈山庄严的誓言

每一朵杜鹃花都是井冈山的雨
谁漫步风中看蝶影弹唱

谁翘首山口轻吟昨夜星月
谁又在一米阳光里披上了
绿荷花香风不说
鸟儿也不告诉我

在我的眼里所有的杜鹃花
都是井冈山的手语
满山花瓣不需要人懂
感恩的天空举着白云
也举着光阴和梦想
还有我心中那一缕甜蜜的乡愁

你在清晨递我青花杯
我把一杯云雾茶饮成温柔黄昏
在井冈山的背影里想些过去的心事
当一匹月光从五指峰上流下
井冈山怀中的那朵杜鹃花
是我窗前那盏如虹的灯……

写给井冈山的诗

我常常在夜深人静的时候
为井冈山写诗写五指峰黄洋界
写毛委员红军路
写青青翠竹飘香杜鹃
写与红米饭南瓜汤有关的人和事

在我的诗歌里每一个意象
都满含惊喜与激动每一片灯光
都照耀着安静与喧哗
所有的失落与希望
阵痛后的梦想与求索
总是沿着红军路从一个春天
赶往另外一个春天
无须过多的言语也不必
涂抹某些华丽的辞藻
我的每一次着笔其实都是一次
与井冈山刻骨铭心的对话

没有什么能比我就这样
一天天一年年
看着和想着井冈山内心渐次
充盈和丰饶
甚至在某个深夜或黎明
没来由地热泪盈眶……

杨 骥

重上井冈山

那些滞重的枪声与红缨
依旧在教科书的夹缝中
深刻地醒着

草鞋和斗笠，在布满蒺藜的三十年代
小心翼翼地摸索
那个年代，盛产高粱和汉字的中国
严重贫血
革命缠着厚厚的绑腿
在镰刀与铁锤的交叉口
匍匐行进

壁临井冈，于一个初秋的日子
赣西南的大片脉峰粗犷地站立着
像一列列红军的队伍
顺沿蜿蜒凸凹的山路
顺沿蜿蜒凸凹的中国历史
浅一脚深一脚地
打量它们的宽度和纵深
脚下的红土，经历多年风雨的铸造
已变得质感触心
一种力量从土地里
油然滋生

一寸寸将松垮的骨骼拍击

重上井冈山，极目处——
尽是高标的风景与人生

杨 康

吃一碗井冈山红薯丝饭

在五谷丰登的小康时代，来井冈山
随便走进哪一个农家乐，他们都会让你
吃一碗井冈山红薯丝饭，喝一碗
井冈山南瓜汤。忆苦思甜
简朴的餐桌，就不摆放其他佳肴了
要细嚼慢咽，让红薯和南瓜
在胃里，唤醒一个时代的记忆
清汤寡水倒映出先辈们的清贫和清癯

当此时，须静坐，每个来井冈山的人
都请勿喧哗。在一碗红薯丝饭
和南瓜汤里，向先辈们说出我的敬仰
和热爱，也顺便汇报生活在这个时代
我们所体会到的小小的幸福
习惯了各种美味的舌头，触碰到
红薯和南瓜，同时也触碰到
一个时代的崇高的理想。给油腻臃肿
的身体，喂一碗红薯丝饭和南瓜汤
给单薄的灵魂，喂下一个时代
的肃穆和庄严

在黄洋界,手扶迫击炮

路边依然有椆树站岗,有斑竹放哨
黄洋界的日出威严云海神圣
峰峦上盛开的杜鹃花摇曳着股股清风
如果将耳朵贴近山上的一块石头
如果打开一棵松树的年轮
曾经响彻云霄的枪炮声,必将再次震撼人心
在黄洋界,手扶那门迫击炮
青铜炮身的余温尚存,炮筒里的
爆炸声还在。一门迫击炮,像一位
不愿退隐的信念坚定的老兵

它为黄洋界的山川草木站岗,为此地
的秀美大地坚守。和平时代见到
这稀有之物,游客们忙着合影留念
而我,悄然从他们的热闹中隐退
退回到那个炮声连天硝烟弥漫的年代
这指向天边的炮口,也是指向未来
的信仰。在黄洋界,手扶一门迫击炮
能听见整个时代的和平之音

杨思山

白　屋

一间白屋，在 1927 年 10 月
与一位伟人相遇了
从此它简陋的四壁支撑起一个国家的命运
那些进进出出的脚印
一脚踩着阳光，一脚踩着智慧与谋略
在星光与夜色下开启时间的轮渡
革命的山海葱葱郁郁蜿蜒曲折
一阵大火过后，仅剩的一堵残墙
在胜利的春风中与原来的 44 间房屋
恢复了原本的沧桑与荣光
而一间白屋，它的存在，可供后人追溯
和反思历史，就像水墨画中的留白

叶　权

仰望井冈山

一

悠云切开苍天，满山的映山红从天梯倾泻下来
有两只鸟飞进黄洋界，绚丽在晨曦里生动地铺开

八角楼的煤油灯夜夜通明，八角帽上的五角星殷红
竹海的恍惚，谁来摆渡一场中国革命的无限迷茫

掀开井冈山映山红的血色，读一条诗史上流淌的河流
那枝挹翠湖水面的桃花，叩开了多少历史的沧桑

九月，沉落的夕阳被一位书生用一支纤弱的狼毫捞起
指点江山，激扬的文字里有一串信仰与曙光的震颤

历史激荡的风云，激情的呐喊，超越了山脉的走向
长路必有星光灿烂，井冈山的扁担让石板路流香

感恩是一种倾注，这块土地沉积了多少残阳的血色
辽阔之上，以一条河的坚韧，横穿罗霄山脉的坚定

用红色唤醒沉睡的黎明，话语里饱含着浓浓的深情
纪念碑上那一串闪光的名字，会依次走进深深的怀念

声声庄严的宣誓，党旗下，呼应贫苦百姓人家的心声
深埋忠骨的爱，以最宽容的胸怀拥抱着岁月的倒影

没有军号，就把一管长笛放在斑驳的炮台背后
松柏里的虔诚，让历史就像英魂唤醒了江山，匍匐前进

四万多英烈的热血洒向这片土地，孕育出革命圣地
檐外烟岚荡开的涟漪，沾过井冈山历史最深邃的烟雨

时光柔软，革命者真诚的告白，有如花开花落的悠然
大山的筋骨，烽火追着历史，依旧诉说着当年的狼烟

把两肋的疼放在云朵的深处，遍地劲吹着追寻的春风
繁星照亮了井冈山，不屈的灵魂在一首首诗里站着

二

溪河流过，是谁让这里的星星之火燃成了燎原之势
荡起苍烟，星光与火把就醒在了历史大写的经脉里

是谁孕育希望的摇篮？又是谁亲手点亮了八角楼的灯盏
桌上的灯，像航标，更像一次次燃亮黑暗的火炬

五指峰岿然不动，可否记得红军多少次的生死危局
天蓝、山绿、水清，"八七会议"的纲领依然余音绕梁

"枪杆子里面出政权"，让真理在一盏不熄的灯里永存
那些名垂千古的名字，让新生的苏维埃政府茁壮生长

镰刀与斧头铸成的红帆飘扬黎明的曙光，刻骨铭心
黄洋界的风骨依旧，美丽的井冈山成了中国革命的圣地

看那重峦叠嶂，山高林密，战地的黄花开得多么艳丽
那些殚精竭虑的日子，最终照亮了这块千疮百孔的土地

巍巍五百里井冈，红色政权曾怎样一步步发展壮大
井冈山，一个神话，修复了中华民族历史里塌陷的伤痕

被开启在红米饭南瓜汤的这把星星之火，开始蔓延
茅坪的清泉滋润心田，井冈山盛开了万紫千红的春光

漫山遍野的竹海，揭开了以农村包围城市的序幕
林立的梭镖和锄头，敲响了武装夺取政权的钟声

燃起的火焰，是一声春雷，高亢的悲壮漫过河山
井冈山的历史画卷里，有一条光明的道路伸向远方……

叶 梓

井冈山的早晨

晨曦的手
翻开了井冈山新的一页

我需要一一理解这些饱满的事物：
八角楼的灯火、黄洋界哨口、碑林，以及
肃穆的革命烈士陵园

我是从江南慕名而来的俗人
我只想触摸到你的心跳
然后，一言不发地回去
回到自己的尘世

但——
井冈山的早晨
白云白，溪水清
一只锦鸡在山杨树上的忽然跳跃
让我拥有了终老于此的非分之想

杜鹃花开

群山沉默
大地西行

沿着笔架山山脊的两侧竞相开放的杜鹃花啊
宛似井冈山的女儿
从粉红到紫红的身体里
藏着祖辈们饥饿、悲伤的辛酸记忆

叶小青

井冈山，神山

一

父亲说
五百里井冈
五百里翠竹
五百里杜鹃
革命烈士魂归翠竹
血润杜鹃

二

我住在井冈山下
——遂川。革命年代
它是井冈山革命根据地的重要组成部分
我们这里去井冈山
是说上井冈山
一个上字
饱含了我们全部的感情在里面

三

四十年了
我没有上过井冈山
一直在准备——

我读《井冈山革命根据地党的建设史》
我读《井冈山革命根据地文化建设史》
我读《井冈山革命根据地军事建设史》
我读《井冈山革命根据地政权建设史》
我读《井冈山革命根据地经济建设史》
……

越对它了解
越不敢动身
我怕我的轻浮
玷污了它

四

2016 年 2 月
一个人在井冈山，说
"在全面小康的进程中，
决不让一个贫困群众掉队……
井冈山要在脱贫攻坚中作示范
带好头……"

这是一个庄严的承诺
也是对五百里井冈提出的新要求
新希望

五

此后的一年
一年啊，365 天
一年啊，说长也不长
说短也不短
井冈山，没有让他失望
2017 年 2 月 26 日
江西省政府宣布：
井冈山在全国率先脱贫摘帽

六

你看啊，井冈山的翠竹在笑
你看啊，井冈山的杜鹃花在笑

殷常青

井冈山记

从深夜到清晨,一座山的意志追着苍茫的波浪,
一座叫井冈的山,我们可以相互看见的山——

在平庸的原野上绵延无边,起伏无数,
仿佛一首诗的风范,仿佛时光热烈的源头——

那些红松,水杉,翠竹,在风中,无论摇曳了多久,
都不疲惫,无论迎接了多少霜寒,都不厌倦——

它们日复一日,一日追逐一日,仿佛流水年华,
仿佛爱,仿佛一首永远也不会完成的诗篇——

那些含苞蓄蕾的杜鹃,那些暗藏的阳光
和血色的香气,为一座山不顾一切远道而来——

它们单纯、甜美,要从一个没有弯路的三月,映红
一座山,要从所有方向,向一座山涌出牺牲的激情。

那些水,那些瀑或泉,那些时光的三千裂帛,
送给我们的教育,也并非只是,流逝的教育——

一座山,如光芒在大地站定,白云深处——
历史让我成为闲人,也让我看见旧时代的秋叶。

杜鹃山记

像爱一样，疯狂地开，反复地开，热烈地开——
让一片峰峦开成了杜鹃的峰峦，杜鹃的天空——

连那些悬崖，那些岩石的缝隙，连那些高大的
乔木与低矮的灌木之间，一点空白都不放过——

开！开出白的、粉的、红的……五彩的颜色，
那些小兽因杜鹃而飞驰，那些爱因花香而四溢。

一片峰峦藏在井冈山深处，一片峰峦因杜鹃，
再也藏不下去了，一片峰峦多么好，多么难得。

仿佛是挂着满山的杜鹃，灿烂到我面前——
仿佛是捧着困难的霞光，美丽到我面前——

在杜鹃山，我真想为蝴蝶换一件衣裳，
我真想对着蜜蜂发问：一朵花里有多少睛蕊——

仿佛井冈山深处浩荡的新婚，那汹涌的花瓣，
就要淹没了我们，淹没了我们亲爱的祖国——

像一片灼灼的江山，灼灼的河流，容光焕发，
像我面颊上的夜晚，从此跳跃着爱情的烟花。

尹小平

红花山

红花山，像一位老人，
在秋天的深处，
安详地晒着太阳。

我坐在青石上小憩，
目光像溪水一样深长。
屠刀砍过的石崖，
仿佛在我身边轻唱：
"八月桂花遍地开……"
性格，和老人一样倔强！

我往红花山的深处走去，
山道弯弯，
恰似我心绪拓开的长廊。
我向红花山深深地鞠躬，
在心里叩问：
红花山为何不见红花开放？

我拨开葳蕤的绿草四处寻觅，
忽听见山坡上笑语荡漾，
哦，是姑娘翻山越岭赶集，
绚丽的衣裳像山花怒放。

这片红军露宿过的草坪啊,
这座红军用血染过的山冈,
我真想和你一道,
依偎在老人的身旁,
把我瘠薄的心田,
也变成长满希望的土壤……

龙　江

从冬到夏,从春到秋,
龙江,静静地流;
从早到晚,从夜到昼,
龙江,缓缓地流。

一路,山峰挺拔高矗,
绿水萦绕田园、沙洲;
两岸,杨柳婆娑俊秀,
清波激荡渡口、码头……

秋冬,江底沙平似缎,
也曾有南来北往的飞舟;
春夏,江面雾霭如纱,
也曾有白浪滔天的时候。

冲破千山万崖啊,
裹着雷霆:怒吼,怒吼!
汇合百溪千涧啊,

向着江海：奔流，奔流！

龙江东岸是会师广场，
朱毛曾在这里亲切握手！
龙江西岸是军官教导队，
红军曾在这里训练操守。

啊，这历史岂能忘记！
——龙江的水不会倒流；
啊，这功绩岂容抹煞！
——龙江的山不会低头。

和煦春风里，静静的龙江啊，
在吟，在唱——放开了歌喉；
在灿烂的阳光下，缓缓的龙江啊，
在跳，在舞——挥动着彩绸……

余小木

井冈山流行色

她是唯一的
不分季节
不分男女老幼

铁灰中两抹红
这朴素的色彩悄然流行
单个，三五成群，或一支队伍

脱下你所有的身份
卑微与贫贱，高贵与富有
你才配得上她的成色

铁灰的苍穹之下
星火之红
鲜血之红

穿上红军服
你的眼里便有了
婴儿般的澄澈

穿上红军服
你的脚下便有了
子弹般的轻盈

我不止一次穿上她行走
在黄洋界,在小井
在突然空白的脑海中

在烈士陵园我忍住伤悲
从刻满名字的墙壁上找寻
仿佛找寻我的前世今生

去江西坳看杜鹃花

进山的人多过四月的雨水
道路尚且泥泞,需要足够的体力和脚劲
虔诚者比太阳更早动身
1800米海拔之上,有大片大片杜鹃林

没有马匹、茶叶和食盐
背负行囊的各色口音
在古道上凝聚同一种语言
用眼神和手势互致问候
仿佛彼此相识多年

年轻的向导忽前忽后
双肩包里装满雨具、食品和蓝图
她有新竹的羞色和杜鹃花的笑容
驿站的残垣旁,年长者停止了脚步
他说,最美的一朵
已将心底映红

雨　城

与一垄枳壳苗相遇

并不陌生，对你
那时，你乱蓬蓬地
站在故乡的灌木丛
结又酸又涩的果

在井冈山下，我们再次相遇
你这颗散乱闲棋，如今，走入苗圃
一垄垄，列队整齐
做了砧木，成为嫁衣，你说
新娘将是最美最甜的
红绿脐橙

你身材修长，手握缝衣针，缝制着
井冈山光辉的明天
而在你背后
一群人正身披霞光，俯身默默地给你
除草，嫁接
并成为你的一部分

远　人

战　斗

总是有敌人像黑夜一样扑来
那些扑过来的，总是有尖利的爪
也总是有锋利的刀，英雄从不
害怕战斗，或许战斗
就是英雄生命的支撑
敌人一圈圈逼近，在万千重里
英雄岿然不动。在一阕西江月里
在一阕阕渔家傲里，我们看到英雄
在火中，在眺望中，在指挥中
在不睡和充满枪声的午夜中
收获游击战的真理。英雄曾说
"十年未得真理，即十年无志
终身未得，即终身无志。"
英雄要找的就是真理
真理在一次次战斗中获取
于是英雄，与血淋淋的石头一起
迎接战斗后的芬芳，在又一个
黎明的滋润里，成熟起骨骼的高大
然后，英雄就用这成熟的骨骼
敲打敌人的脸，敲打太阳与胜利的歌
在英雄身后，战士指看新生
指看大地，更加郁郁葱葱

阴　霾

从很远的地方，飘过来一层乌云
它遮住许多人的眼睛，在很远的地方
有一场十月发生的革命，在那里
有效的战略取得了成功，只是俄语
很难在这里翻译，英雄忽然变得孤独
他从队伍最前面离开，队伍反抗的围剿
忽然变得艰难。一九三四年十月
英雄终于要从这里离开，队伍
要从这里离开，辎重要从这里离开
山上的竹叶，渐渐地黄了
一年一度的秋风，寒冷而尖锐
霜花覆盖住石头，好像石头
忽然变得不再坚硬；在低沉的夜里
这座山变得空荡，好像连刚被创造的历史
也一下子噤住了嘴巴！部队走得缓慢
战士的脚，不知道要走向哪里
甚至马匹，也只迈得开滞重的喘息
沉默很久的英雄，也在队伍里行走
前面的黑夜比任何一个夜晚更浓
英雄思索着，把头垂下来
英雄要看清这黑夜里的脚下之路
当他再次抬头，再一次回望群峰
在阴霾里出现的明亮正攀上峰峦
浅白、隐约，是英雄凝视的曙光

张　琳

带着八百里春风重访井冈山

一

我不是一个人
在我的身后，八百里春风犹如八百首抒情诗
一行一行慕名而来
登高，是为了再一次回望
一只摇篮的模样
望远，是想再一次理解井冈山与一面红旗的意义
八角楼下
我穿上军装、扎上腰带、绑好裤腿
像一名刚刚来到井冈山的小战士
聆听着春风中嘹亮的号角声……
一株椤木，一株红豆杉
仿佛两个光荣的老战士，满面春光
胸前挂满了岁月的勋章……
我不是一个人，在我的前面
龙江、郑溪、拿山河、行洲河、大旺水
义无反顾地流淌着，我的赞美
多么像一阵旷世的清风，轻轻的
朝着一面红旗迎了上去
又一个时代
被映红了，黄洋界的日出，仿佛一枚革命的果实

在高处

发出耀眼的光芒……

二

我喜欢井冈山

这无边的绿色，茂密的竹林里

生活着寒竹、四方竹、黑竹、苦竹、紫竹……

我的爱，原来与它们如此的相似

有高风，就会有亮节

人间的美德源远流长，有神话，有传说，有奇迹……

在一片开花的青草中

我只是一个生于1989年的赞美者

而美，早已在这儿落地生根

我懂了，我不是一个人

在我的心上，有一群人

就像前赴后继的翠竹，有挺拔的理想

也有青葱的生活……

八角楼的灯光……还在亮着

我眼睛里的光，心尖上的光

与它们在井冈山会师了，就像青山遇见绿水

就像一个人

拥有了辽阔的人生，春风

又绿井冈山，明月

已经照着我的心回到了一座温暖的心房

三

杜鹃山的杜鹃

红了……这多么像井冈山扛着一面端庄的红旗！

拿起一把铜号

用力吹，八百里春风就迅速跑了起来

我知道，在这儿，我的赞美

也是红色的——

就像一匹红马，奔跑在1297平方公里的红色土地上……

厚德可以载物啊

我久久地站在一块奠基石上

在明亮的光线中

在最辽阔的视线中

鹿角杜鹃、云锦杜鹃、猴头杜鹃、红毛杜鹃

尽情地红着，井冈山杜鹃的香味

早已沁人心脾……

我终于懂得了仰望的意义——

一面红旗

就是一个国家的高度与风度

这些善解人意的春风

只是为了让一面旗帜像春天一样徐徐展开……

四

我写下黄洋界的云海和星空

我写下江西坳的凌云之志，写下大小五井的前世今生……

我的赞美如此的微不足道

我深知，时光是最好的骑手

也深信时光是最好的旗手……

在昨夜的诗篇里，我写下：红旗

写下：新时代。我知道，我写下的正是一面红旗

与一个时代的相遇，而我，正安居其中

像一棵情不自禁的小草

正在兴奋地开花，我相信，最美好的一天，永远是明天

那走在最前面的

永远是一面不会褪色的红旗……

一个人在井冈山，看见了生命的绿内心的红

一个人在静夜里，目睹五颗星星

发出宁静致远的光芒，九十年过去了

四十年过去了

所有的沧桑都长成了荣耀，当我带着八百里春风
来到井冈山，春光照亮的
不只是念念不忘的过去
还有语重心长的未来，举目望去
内心的富足，早已变成了现实的安康
那不得不写下的
是新西江月的上阕与下阕……

张　靖

神山村民谣

绿油油的竹林蓝盈盈的天，
四十年我重新回到井冈山。

满山的竹子啊在微风里摇，
今天要到神山村去瞧一瞧。

捧一把泥土抹一把泪，
这些年的变化让人醉。

借俚你个米啊还俚你个谷，
过去俟给山沟沟里生活苦。

老木头的风车咕噜噜地转，
吃不饱的肚子流不完的汗。

拿出几个麻粒粒榨不出油，
山沟里的苦日子哪是个头。

满山里的竹子是青又青，
换不上钱也只好去打工。

一声春雷惊破了天，
政府的扶贫要攻坚。

石头上跌倒硬争一口气，
脱贫上政府帮咱出主意。

打碎了石头修成了路，
神山村的人民要致富。

春天的茶叶夏天的桃，
走得出深山去竟妖娆。

砍下了竹子做成了桶，
山外的银子往村里涌。

百年的土房翻了个身，
农家乐开进了小山村。

青凌凌的瓦下白盈盈的墙，
绿竹林下是咱神山村的房。

水泥板山路九十九道弯，
习主席也来到咱村里边。

西摸摸灶头东摸摸墙，
手牵着手和咱拉家常。

打一臼糍粑好过年，
党中央和咱心相连。

也不杀牛来也不宰羊，
端一盘米果请客人尝。

山里的竹笋土里头钻，

好日子是一天赛一天。

乡下的月亮乡下里明，
好政策带来了好前程。

吃水不能忘打井的人，
是政府指导咱脱了贫。

过年的鞭炮不停地放，
震得我热泪已满眼眶。

鸡年过了俟给过狗年，
愿新生活越过越香甜。

张　岚

在你开辟的幸福路上

我看见你红色的血液,流淌在
石桥、水井、断崖
一股在岁月中慢慢上升,凝聚,再凝聚
而后成为天上的霞光
而另外一股——
泅入地底
混合大雨过后青草的香气
哺育井冈山上漫山遍野的生灵

最后,只剩你丰盛的灵魂留了下来
照看如火般盛开的杜鹃花
几十个春天过去了,又在下一次雪融后如约而至
花开的时候,人们带着眼泪和祭品来看你
你守着这个称之为革命摇篮的地方
像守着每天的日月星河
你认定每次风过树梢,都是战友们
唱着歌回来了

那么现在,你看见了吗
我们拥有的一切——水泥森林拔地而起
道路交通蛛网般密布,田间
响起机器的轰鸣,身后扬起一阵
骄傲的笑声……

而可爱的在春风里落地的孩子们
坐在干净的教室读书、画画
分享细小的苦恼与惊叹

就是说，所有的事物
都正在你开辟的幸福路上走着

那么，沉默而微笑着的你
看见了吗

张 萌

杜鹃花，杜鹃鸟

我相信是烈士的血渗透到了地下
烈士的呼吸渗透到了地下
然后是潇潇的雨
霏霏的雪；然后是春风，一年年地吹
一年年地抚慰
于是从红色的土地里，开出了
红色的花，而且它们是那样的与众不同
它们一个花瓣就是一扇翅膀
一片花瓣就是一团云彩
或者说，它们是会唱歌的花朵
会展翅飞翔的花朵，每当
开春播种的时候
便听见它们在啼鸣：布谷、布谷……

你问我到底说的是一种花朵，还是
一种鸟？我要对你倾尽我的描述
在井冈山，有一种东西既是花朵也是鸟
它还可以是一个人，一群人
通过一场革命获得的共同的名字
是的，作为花朵
它既是红杜鹃，也是紫杜鹃
作为一种鸟，它可以叫子规，可以叫杜宇
但作为一群人共同的名字

它就是啼血的杜鹃鸟，还魂的杜鹃鸟

啊啊！有一群人就像春天的杜鹃花
此起彼伏，覆盖着大地的沧桑
有一群人就像春天的杜鹃鸟
它们鸣叫和飞翔，抬高了仰望的高度

曾若水

调色板：井冈山梯田

和井冈山一样
有一股天生向上的气质和不俗情怀
手挽手
肩并肩
从绿色中崛起

分行分列地站在山上
把时光携起手来
过滤季节
一座山的心事
波澜起伏
从底层出发
把朴素的梦想举向高处

一块一块调色板
涂抹山之梦
五线谱一样
演绎山之魂
一级一级的阶梯
递进的大舞台
谁的雄心
紧握永恒的主题
向着顶峰
搏击飞翔

山把水围住
围成风景
土把山分行
行行相连
高举着水和粮食
一次次书写传奇

水来了
用心接住
石来了
用命接住
种子来了
用情肆意铺展

白云深处
任岁月生动诠释
人间烟火
纵情写意
图画山水

起点很高
在风雨之上
邀约太阳
尽情抒写
比山更高比水更长的诗篇

曾小平

八角帽

在绿色拥抱的井冈山
八角帽像野花一般铺满山岗
它们是启明星
引领我们追寻红色的足迹
追寻八角楼闪烁智慧的星光
回到星火燎原的峥嵘岁月
我们缺钙的骨质，将会被补充铁
而红米饭南瓜汤成为皓月
将镀亮我们蒙上灰尘的双眸

翟营文

杜鹃花是有使命的

杜鹃花是有使命的，浓浓的一朵
高举起火炬（浓烈本身就是一场革命）
每一条道路都在变得宽阔
每一个月亮都使秋霜加重
杜鹃花的骨头里有铁和盐，有老表们
野草一样不屈的意志
杜鹃花的红最先冲开迷雾，赤诚
和勇敢与黑夜相对，与荒芜相对
一定有渴望在燃烧
一盏灯又一盏灯护佑着家园
它的手指有穿云破雾的力量
杜鹃花的骨头在咯咯作响
那是风在集聚，那是树林和万物
在觉醒，犹如千军万马，滚滚洪流
而站在高处的杜鹃花越来越鲜艳
它是被一首歌染红的
被内心里描摹的美好染红的

云朵在号声里飞翔

在井冈山,我总能听到隐隐的号声
这号声是用钢铁打造的,一群
鸟的翅膀上有无限的辽阔
号声有始有终,在倾诉骨与肉的联系
在颂扬英雄的山峰和激流
有号声就有庄严和承诺
就有辽阔的未来和万道霞光
风声是坚硬的,策马扬鞭
保持旺盛的斗志,硕果
是坚实的,仰头就有旗帜和信仰
在井冈山,每一个人都是兵
都对号声葆有尊敬和警醒
对山下的房屋和庄稼葆有亲切感
带着镰刀去收割熟透的庄稼
带着斧头去劈开艰难险阻
我看见号声里云朵在飞翔
变成鸽子的翅膀,一路拾捡着
我们不可丢失的记忆……

钟　宇

黄洋界

在一阕西江月里与你邂逅
聆听，鏖战后的喘息，间有硝烟的呛咳
云水尚余怒气，林涛还作吼声
风干的血渍，依稀可辨沧桑的颜色
是一群什么样的人，以惊世的力量
拔起这撑天的高度，鸟瞰历史的壮阔

我踏着红色的熹微而往
以景仰的目光，与之对视
一粒火种遗留的痕迹，裸露在山岩之上
风在诉说，云也在诉说，惊心动魄的过去
哨口却在沉默，陷入咆哮后的冷静
沉默恰是释然，热血依然滚烫
不定的风云，传递无声的告诫

那根扁担，若横着的山梁
担负起一个民族的沉重，一个时代的沉重
扁担的主人，迈过历史的坎，岁月的壑
从这个起点，走向另一起点

我以一抹浓重的绿，覆盖疮痍
或以一簇鲜艳的红，补妆春色
由浅入深，绿遍万水，红透千山
让所有的人，读懂新生孕育的过程
和那峰峦间喷薄的日出

周玲

爱廉说

心必须在，才能与你缓缓相近
以山泉水濯足，净身。果腹
与满山的红杜鹃誓言盟约
洗练千古警句
晴空朗月下，目光如圣徒

驰春风八百里
必须饮一杯蚀骨清酒
以前辈清贫为镜，正衣冠，挺身骨
在嘘的一声长短光阴里，怀揣火种
让光与暖在尘埃里浩气涤荡

脱口一阕旧词，把一壶微醺清茗
尖尖角，蜻蜓恋
一湖清水里，前朝的密码纷飞
谁奏着独弦琴
让六月的莲守住身世泣歌而至

该以何种方式去恋你呢
溯水而上，爱你宛在水中央
枕水而眠，爱你宛在水中央
以水为命，爱你宛在水中央

你宛在水中央,共舞人间
悄悄然。如清骨傲立的花仙子
如一曲浮进水波的长相思

种春风

雨细密地落,茑萝举着小花冠
围着大香樟一圈一圈缠绕
紫荆串红墙角,含笑的清香时远时近
春意正浓,小小的庭院清幽淡雅,花草兀自芳菲
这些都是窗外春天,年复一年的景致
大多数时候,被埋头案卷的人所忽略
那紧锁的眉头,专注的脸庞,
被胸前一枚徽章镀亮,忽然有了庄严与肃穆

在层叠的宗卷里,一条条缜密的思路
是较量污秽与邪恶的侠胆,一行行法律条文是
捍卫公平与正义的尊严
一次次千里追逃,一次次峰回路转
我们习惯用铁肩柔骨除暴安良
习惯把信念种在春风里,花落万家

趁夜色刚好,脱下制服,不妨做个小小的花匠
在自己的后花园种下层层新绿
看碧波荡漾路人痴
种千朵玫瑰,赠送于人手留余香
再在春风里种下一对小脚丫
让他咿咿呀呀,对着大地唱出最纯净的歌谣

朱仁凤

井冈山写意：红与绿

那些高高低低的风
又一次把山吹绿
在井冈山，我们随处可见
温暖的事物，以及
那些蓬勃向上的力量——
红土地滋养的五谷生长
拔高的翠竹，怒放的杜鹃花
不老的松树，葱茏的杉树
万绿丛中飘动的红旗
红红的太阳，温和的阳光

这些努力生长的事物
承前继后的井冈山精神
被那些坚守在红土地下的草根们
年复一年，把苦难岁月里那些
热血沸腾的往事
讲述成——春天的故事

众岭睡去
万物在天地间逐渐隐去
不肯睡去的一盏油灯，照见当年
喂养革命的红米饭，南瓜汤
被嚼成忆苦思甜的红军饭

那些草鞋、火把、柴刀、扁担
仍然在井冈山上冲锋，呐喊
那些抛洒热血，热爱生活
为了新中国解放事业的草根们
在暴风雨中，冲锋陷阵
用年轻的生命，染红了战旗

革命的战士
每一次呐喊，都落地有声
每一张脸，都鲜活如初
每一滴鲜血，都化作一面
飘动的红旗
成为一个民族的底色——
那流动的血液
那鲜红夺目的中国红
在万绿之中，像太阳一样耀眼

祝宝玉

行走井冈山

坪、井、坳、窝、眼、冲……
这些密布在罗霄山脉上的山凹，历经苍茫的岁月
有着充盈的生命。行走井冈山
一条红米饭、南瓜汤喂养的山路崎岖盘桓在经典深处
我必须遍尝人间的辛酸，才能测出它与尘世的温差

弹痕累累，复述着一段乐观的烽火
狼烟冲天，一声嘹亮的冲锋号拨开阴云密布的历史
拯救中华民族的革命真理在井冈山酝酿诞生
星星之火，可以燎原——
旌旗在前，趟过一程程险象环生的滩涂，抵达光明彼岸

那用血汗浇筑的精神长城，凝固着民心军心
沿着罗霄山脉陡峭的崖壁一寸寸辐射，从黄洋界到井冈山全域
盈眼皆为红色。穿行在小村大镇，在墙壁上解读风云
一句句发自内心的口号表达着劳动人民的怒愤
也串联起屈辱、贫穷、战斗、解放、胜利的近代史上的每个节点

黄昏，在井冈山，伸开双手，能触摸风的僵硬
晚霞消散，抑或换了一种形态潜入石头中

呐喊，站在山的顶峰，一圈圈回响的涟漪刻进山间洪流
我擎着诗歌的火炬，迈进黄洋界的苍茫里
是那么贴切地融入，大地之上全无矫饰的迹痕

紫藤晴儿

井冈山上，杜鹃花开

你看，无数的轮回在春天，在枝头
一朵朵杜鹃花沸腾了整个山谷
渲染或是夺目
都将点燃着你、我、他
我们这些后来者——

吸入胸口的是这十里杜鹃长廊
粉色的、紫红色的、红色的……卷起波涛万顷的
雄心壮志
每一个花枝都是一次神的眷顾
在抚慰众生
怀抱恩德的井冈山已走过了千年
万年了
云锦杜鹃、鹿角杜鹃、猴头杜鹃……这许多种的馈赠
像光阴的另一个名字
灿烂耀眼地
在大地回流

大小五井

时光蜿蜒——
村庄里,平房如古老的静物饱含着深沉
光透过玻璃闪亮着
历史的每一页
我们带着敬畏跟过来
探看每一间房子、门窗,在相册间走动的人……
主席、将军、无数革命前辈
仿佛消失的声音又在回声中与我们
遇见

几张桌子、椅子,革命者的生息都在这里留下了
手势、指纹、脚步、烟火……
我们再次温习,再次退回到它的水深火热
像上苍所赋予我们的另一种
获取
但是一首诗总是过于单薄
不够替他们说出更多的抱负、理想
和高过岁月的赞美之词

邹冬萍

隔着一朵花开的距离来爱你（节选）

井冈山，请允许我
隔着一朵花开的距离，来爱你
以自己的方式。从叠嶂的群峰里
掏出一声鸟鸣
从缭绕的云雾里，捧出喷薄的旭日
用千丝万缕的光芒，打造一个中国梦

春风浩荡，将八百里河山染红
仅以一朵花开的姿态
这是铮铮铁骨的罗霄山脉
有鹰的翅膀才能托举起来的五星图腾
这是经历过白色恐怖、用枪杆子夺取政权的红色土地
有无数的"泥腿子"从此站起来了，过上了幸福的生活

青青翠竹，将莽莽黄洋界奔涌成
一片绿色的海洋。有多少棵郁郁葱葱的翠竹
就有多少杆挺直的腰身，勇敢地将乌云撕碎
尽管这里曾经血雨腥风，尽管这里曾经炮火纷飞
而今，这里已是风调雨顺，人民安居乐业

熊熊的火炬啊，点亮了一座大山的眼眸
革命的故事，如同燎原的火种
被春风以叙事的方式打开

掠过茨坪的挹翠湖,进驻革命旧址群
为青铜与汉白玉雕塑的伟人塑像镀上时代的光辉

红旗飘扬,五角星、斧头与镰刀
书写成红色的符号,铭记了井冈山精神
胜利的号角,刺破旧社会的苍穹
唱响新世纪的凯歌。桐木岭
以诗意的激情,从古老的汉语体系中
摘出最璀璨的名词,汇聚成诗歌的海洋

井冈山,请允许我
隔着一朵花开的距离来爱你
这朵花,是井冈山烈士陵园内15744位烈士的鲜血
浇注而成的杜鹃花
仅需一缕春风做引,一滴春雨滋润
就恣意漫漶成十里火红,红红火火的杜鹃长廊
恰似而今井冈人民幸福甜蜜的好日子

一朵花开,是一位井冈英雄灵魂的绽放
一朵花开,是一位井冈儿女盛开的心愿
一朵花开,是井冈人民美好的祝福
一朵花开,是一座圣山的精神图腾
在花廊、竹海、云雾、雪凇的四季轮回里
精心打磨一支书写社会主义新农村的金笔

井冈山,请允许我
隔着一朵花开的距离来爱你
"那是花朵的情书,锁在大地的蜂箱中"
我要向笔架山索借一支足以写尽江山的笔
挥就一个大写的"爱"